異世界領地改革
～土魔法で始める公共事業～

5

HOTEI SABUROU
布袋三郎

イラスト イシバシヨウスケ

異世界領地改革
～土魔法で始める公共事業～

1章
小麦の道

雲一つない晴天の空の下、カイン、バルビッシュ、ガーディ、サーシャが目の前に広がる小麦畑をとても愛おしい眼差しで見つめていた。奇麗に畝の上でまっすぐ伸びている小麦の苗を見ながらカインが呟く。

「最初はかなり不安だったけど、ここまでくれば大丈夫だよね？」

「そうですね、まだまだ油断は禁物ですが、まず第一段階は乗り越えたのではないでしょうか？」

ガーディがカインの問いに答える。

「何を心配しているの？　私が精霊魔法で小麦の種もみを祝福したんだから大丈夫に決まっているじゃない！」

サーシャがカインに向かって胸を突き出しながら言った。

「そうだよね、皆んなが頑張って作って育てているんだし、大丈夫だよね。アリス姉さまが帰って来る頃にはもっと大きくなっているからびっくりするね」

カインはアリスのびっくりした顔を想像しながらバルビッシュに同意を求めると、バルビッシュはうなずきながら「それはもう、びっくりされますよ」と答えてくれた。

❖❖❖

一回目の世界樹の村との取引を終えて、カイン達は次に何をするかカインの自室に集まって話し合っていた。以前はカイン、バルビッシュ、ガーディの三人だけだったが、新たに護衛に加わったサーシャと正式にカイン付きのメイドになったララを含め、五人でテーブルを囲んで話をしている。

「次は、やっぱり領民用の浴場の建設だよね。広場の噴水についてはまだもう少し考えないとうまく行かなそうだしね。バルビッシュ、他に何か僕でも出来そうなことあるかな？」

カインが記憶を探りながら確認をする。

「……カイン様、今年のサツマの作付けの追加はどうされますか？　今月中であればまだ間に合いますが？」

ガーディがカインが思い付きで呟いていた追加のサツマの栽培について確認をしてくれた。

「うーん、今年の冬は出来れば焼き芋、いや焼きサツマの販売が出来ないか試したいんだよね。今の倍くらいは追加で作りたいけど、苗もそうだけど場所がもう無いよね？」

「そうですね、屋敷の敷地内はもう限界ですね。街壁の外だと用地はありますが……」

ガーディが街壁の外を思い浮かべながら語尾を濁す。

「いや、ガーディ。最近はスライム達のおかげで森が豊かになっているから、ホーンラビット達もわざわざ危険を冒して森の外までは出てこないのではないか？」

バルビッシュが悩んでいるガーディを見て助言をする。ガーディが目を少し大きく開けながら「確かに」と呟く。

「ねぇ、ねぇ、さっきからサツマの作付けとかの話をしているけど、そもそも小麦の作付けの追加をしなくても良いの？」

それまで黙っていたサーシャが質問をする。サーシャ以外の四人が珍しく意見を出したサーシャを同時に見つめた。

「わ、私、何か変な事言った？　だって、街壁を大きくして現在もどんどん人口が増えてきているんでしょ？

それにしては、小麦畑が少ないと思って……そろそろ酷寒の時期でしょう？　蓄えとか十分に出来ているか心配になったのよ」

サーシャは急に見つめられて照れたのか、少し引きながら理由を説明した。

「こくかん？　酷寒って何？　知っている？」

カインはサーシャの呟いた初めて聞く言葉の意味を確かめる為に周りを見回す。

「酷寒？　ですか……初めて聞きますね。意味から想像するに、とても寒い冬という事でしょうか？」

ガーディも聞き覚えが無いのか不思議そうに言葉を繰り返す。ララも聞き覚えが無い様で、首を傾げていた。

「えっ？　知らない？　こっちの大陸では無いのかしら？　大体八〇年に一度くらいの周期で物凄く寒い冬が来るのよ。そのせいでその年を含めて三年位は小麦が不作になるの。世界樹の森ではその酷寒の時期の三年くらい前から作付け量を増やすなどの対策を行うの」

サーシャがカイン達が知らないのがとても不思議なのか首を傾げながら言った。

「バルビッシュ、ガーディ。ランドルフに確認してフローラル王国でも八〇年周期ぐらいで酷寒？が起きているか確認して。僕もお父さまやリディア母さまに聞いてみるから。もし僕達が知らないだけで酷寒が起きるとするとかなり不味いからね。サーシャ、その酷寒はあとどのくらいで来るの？」

バルビッシュとガーディに指示を出した後、カインはサーシャへ酷寒が来る時期を確認した。

「確か三年後だったかしら?? 正確には次回の交易の時に確認をした方が良いわ。私も直に対策に携わった事は無いから多少ずれているかもしれないし」

サーシャは真剣な眼差しで聞いてくるカインに、少しひるみながら答えた。

それからカイン達が方々に確認をしたり文献を調べた結果、確かに八〇年ぐらい前にも作物が極端に取れない年が二、三年続いた事がある事が分かった。しかし八〇年前以前の記録は不幸な事に無く周期的に起きているのかはシールズ辺境伯と王都にいるベンジャミンに調べて貰う事になった。

但し、酷寒の時期が来ると二、三年も不作になると分かったので、急遽追加の作付けを進める事なった。協議の結果、ルークよりカインに街壁外の街道沿いに出来る限りの小麦畑を作る仕事の依頼が出された。とは言え、カイン達五人では全部を行う事は出来ないので、移住後でまだ定職が決まっていない新住民達を雇い、対応するように助言がされた。

年越しまで三カ月なので遅くとも来月の中旬までには種まきをしなくてならず、三週間位しかないので石畳化や街壁の増築事業がもうすぐ終わる為、整備局から人員を出してもらった。サンローゼ領の石畳化で整備局の局員達とは面識があったのでカイン達としてはとても良い提案だったので二つ返事で了承したのだった。

数日後、開墾事業の打ち合わせが開催され、整備局長を始め三名の専属人員が参加してくれた。

「カイン様、この度は私達整備局にお声がけをいただけたこと本当に嬉しく思います。局員一同、粉骨砕身務めさせていただきます」

整備局長が会議の冒頭、三名の局員を従え宣言をする。

「いえいえ、そんなに最初から力を入れていると疲れちゃいますから。適切に、適切に対処しましょうね」

カインはやる気に燃えている整備局長を始め三人の局員に言う。整備局長達はとても残念そうな表情を一瞬見せたがすぐに、「はい」と返事を返した。

「まだ、酷寒の時期が定かではないけど三年後に来るとして今年はどの位作付けをするの？　できる限り行うのが現状良いかと思うけど、種もみなどの量の制限があると思われるしね？」

カインが一番大事な事を確認する。

「はい、整備局より財務局と税務局、備蓄課に確認しましたが、街門から街道に沿って見える範囲全ての作付けを行って欲しいとの事でした」

整備局長があまりにあいまいな回答に恐縮しながら答える。

「どこの局も正確な回答を算出出来なかったから、予測できる最悪を試算したのだと思うが、流石に無理があるのでは？」

答えを聞いたバルビッシュが呆れた感じで指摘する。その隣でガーディもうんうんと頷きながら同意していた。

「バルビッシュ、ガーディ？　しょうがないんじゃない？　まだ時期が確認出来ていないまま進言してしまったのは僕らなんだし。僕が土魔法で農地にするのはそんなに時間がかからないし、今持っている種もみを全部撒いてしまえるだけ作っちゃおうよ」

全員が呆れる中カインが明るく提案した。

打ち合わせの翌日、カイン達は街壁の外で作付け面積について話し合っていた。街門から見渡せる限りとなるとかなりの作付け面積になるが、あまり無作為に作付けても管理が出来ず種もみを無駄にしてしまう。それに普通に考えれば見渡せる限りを数日で作付けできる様に耕す事は不可能だ。

「ガーディ、今の所この平原に何かに利用したり、建築する予定もなかったよね？　だったらさっ、一度畑にしちゃって種を撒けるだけ撒いちゃうってのはどうかな？」

「そうですね……備蓄は沢山あればあるだけ安心ですしね。まとまるまで時間がかかりそうですしやっちゃいます？」

カインとガーディは後ろで地図を広げ時々街道の先を指さしながら話し合っているバルディッシュと整備局長達を横目で見ながら話し合う。

「うん、やっちゃおう」

カインはそう言うとゆっくりとガーディを自分の後ろに立たせ、後ろのメンバーから見えない様に隠してもらうと少しずつ魔力を循環させていく。先日のブチ切れ事件後、一度に放出出来る魔力量がかなり増えていた。どの位増えたかを一度確かめたい欲求もあり実施を決めた。

いつも通りに魔力を循環させると、以前より抵抗もなく効率よく循環が出来ているとカインは感じていた。魔力の循環速度も体感で二倍くらいになっていた。あっという間に想定量の魔力が溜まり地面に手を付ける。

耕作する範囲に魔力を浸透させていくと、手から放出される魔力もスムーズに出て行く。その頃になるとバルビッシュ達も何かに気付いたのか話し合いを止めて、カインを探し始めた。

「おっと、早くしないと。……我が意思に従い……【アースディグ】」

カインが力ある言葉を唱えるとカインの手元から平原が耕されていく。あっという間に見渡す限りの見るからにふかふかの良く耕された畑が出来上がった。

「おおぉっ、スゲー。我ながらびっくり。これ何処まで魔法が伝わったのだろう？」

カインは自分の身長では先の見えない畑の先を見ようとおでこに手をかざした。それでも先が見えないのでぴょんぴょんとジャンプしていると、「カイン様」と低い声で呼ばれる。

「えっ？　バルビッシュ？　何かなぁ……？」

カインが努めて冷静に装いながら声のした方に振り向く。そこにはにこやかに微笑んではいるが目が怒っているバルビッシュが立っていた。

「カイン様、以前より何度も申し上げている様に行動を起こされる前にはご相談をと！　なぜ、いつもお忘れになられるのですかっ！」

先程の表情のまま、一歩前に詰め寄りながらバルビッシュが言う。

「えっ？　ガ、ガーディと話し合ったよ……？」

カインがガーディーの方を見ると、バツの悪そうな表情をしながら斜め上に顔を向ける。

「カイン様……分かりました。後でガーディとじっくり話し合います。今回は次の対応を決めましょう。ガーディ、畑を耕した後は次の小麦の作付け作業はどうするんだ？」

「耕した後は種まきだな」

「えっ？　肥料は撒かないの？　人族達は小麦の育て方も知らないのかしら？」

ガーディの返答を聞いてサーシャが呆れたように呟く。カインも同意見で確か小麦の栽培には肥料を必要とするはずだと思っていた。

「サーシャよ、良い案があるのなら教えて欲しい」

バルビッシュがサーシャに話をする様に促す。サーシャは少し考えてから話し始めた。

「小麦の栽培の前に藁灰を撒いて土になじませるの。そうすると畑が小麦の育成に適したものに変わる。追加で世界樹の森では精霊魔法で祝福を行い病気などに対して抵抗力を与えるわ。それに祝福の効果で生命力も増えて収穫量も増えるわ」

「へー、さすがエルフの知恵だね。僕達の種もみにも祝福を与えてくれるかな？」

ドヤ顔で説明をしたサーシャにカインが精霊魔法での祝福をお願いをした。サーシャはカインの方を向き「なんでっ」と言いかけて少し目を大きくしながら一歩後ろに下がった後
「え、ええ、いいわよ。今回はと、特別に行ってあげるわ。そ、その代わりに何かデザートを作ってよね。カイン様がショートケーキを作ったのは知ってるんだから」

サーシャの態度が何故かおかしかったが、祝福を行ってくれる事になってカインはとても嬉しくなった。

「うん、分かったよ。無事に種まきが終わったら作ってあげるよ。サーシャがいてくれて本当に良かった。うん、うん」

カインはサーシャの要望を二つ返事で了承しサーシャに感謝を伝える。サーシャは少し照れたのか顔を赤くしながら「分かればいいの」とか呟いていた。バルビッシュとガーディの二人は少し呆れた表情をしながら小さなため息を付いた。

カイン達は、世界樹の森の村での小麦の作付け方法について詳しくサーシャから聞く為に一度屋敷に戻る。それに、お昼の時間まであと少しだったのでお昼は屋敷で食べる事にした。

屋敷に戻ってカイン達は会議室で昼食を食べながら今後の事を話していた。いわゆるランチョンミーティングだ。今日の昼食はハンバーガーだったので話しながら食べるのに最適だった。整備局長がサーシャから得た新たな知識を実施する方策を二、三提案し、それに対しバルビッシュやサーシャが意見を言っていた。

「作業者を十名程は雇いたいと思います。藁灰を撒くのは雇った十名で実施し、再度カイン様に土魔法で耕していただければ後は、種を撒くだけなので十分かと？」

整備局長がメモ書きの板を見ながら提案をしてくれた。

「藁灰の藁の集めてくる宛はあるのですか？」

バルビッシュが整備局長に質問をする。

「そうですね、騎士団の厩から使用済みの寝藁を集めようかと思っています。問題は使用済みの寝藁なので水分を含んでいると考えられるので、灰にするのに少し薪を必要とすると思っています」

整備局長の隣に座っている局員の一人がバルビッシュの質問に回答した。

バルビッシュがサーシャに使用済みの寝藁でも問題無いかと確認をしたが、サーシャからは「大丈夫じゃない？」と軽い感じで回答がされていた。脱穀後の小麦の藁も色々な用途に使用されるので余っていはいない事をカインは初めて知るのだった。

「サーシャ、小麦の種もみなんだけど畝を作ってから撒きたいんだけどだめかな？」

「「畝？（ですか？）」」

ガーディ以外のメンバーから畝について質問がされた、やはりこの世界ではあまり一般的ではないのかもと思いながらカインは畝の形や効果などを説明した。

「畝に撒けば小麦同士の間隔を調整出来て、刈り取りとかも簡単になると思うんだ。それに今回はサーシャが精霊魔法で祝福を与えてくれるから全部発芽すると思うしね」

カインがハンバーガーを頬張りながら畝の上に撒かれた小麦の種を思い浮かべながら説明をし、サーシャに発芽するかを確認した。丁度ハンバーガを頬張ったタイミングだったのでうんうんと頷きだけで返答した。

「あとね、募集する人数は二十名にして、その内三、四名を食事係にしたいんだ。作業が街壁の外になるから昼食の度に戻るのは大変でしょう？　それに、食事が美味しければ作業の効率も上がると思うんだ。もう一つは食事係であれば体力に自信がない女性とかからも選べるしね」

カインが人員の増員と食事係という新しい提案をした。

「「食事係ですか？　……承知しました、検討いたします（します）」」

整備局長とバルビッシュが渋い表情で了承してくれた。その後も護衛をどうするかや、道具をどこから集めて来るかなどの協議がされていたが、カインは作業中のメニューをどうするか考え始めていたのであまり聞いていなかった。
昼食後は今日出来る街壁の外での作業が無いので一度解散となった。人員の調整や予算については
バルビッシュとララが担当なのでカイン、ガーディ、サーシャの三人は追加のサツマの作付け作業の
準備をすることにし屋敷の裏の作業小屋に移動してきた。
「ねぇカイン様？　なんでこの周りの畑から普通より魔力を感じるのだけど？　もしかしてカイン様
何かした？」
サーシャは作業小屋の周りに広がっているサンローゼ家の畑について質問をして来た。ちなみに
サーシャはカインの事をカイン様と敬称を付けて呼んではいるが、直接の部下ではないので口調がと
てもフランクだ。カインも堅苦しいのはあまり好まないので特に気にしていなかった。
「ああ、多分作付け前に土魔法で僕が耕したからかな？　練習を兼ねて土魔法を使ったから魔力を込
めすぎちゃったかもね。何か問題あるかな？」
サーシャの質問に対してカインは心当たりを回答する。
「そんなに問題になるような魔力量ではないけど、これ以上だと植物がもしかしたら魔物化するから
気を付けた方がいいかも。今の魔力量なら収穫量が増えたり、品質が良くなったりするくらいね」
「おおっ、それはいい事聞いたよ。収穫量が増えたりするのは気づいていたから、今回の小麦畑や追
加のサツマ畑は思いっきり魔力を込めようとしてた。危ない、危ない」
カインは魔物化した小麦やサツマを想像し、冷や汗をかいた。ガーディも「危なかった」と小さく
呟いていた。

「で、私は何をすればいいのかしら？　畑仕事はあまり得意じゃないのだけど……」

サーシャは作業小屋の内に置いてある鎌を持ち上げて、武器の様に少し振り回しながら言う。

「うん大丈夫、そこは期待していないから。サツマの種芋に祝福を与えて貰えるかな？」

カインが種芋をガーディと用意しながら答える。サーシャは何か反論したそうだったが、特に何も言わず「了解」とだけ答えた。

カインとガーディは残していた大きめのサツマを十数個選び作業台に乗せて並べた。並べたサツマは昨年カインが栽培したサツマの為普通より大きくて太い物ばかりだ。

「見るからに美味しそうなサツマね。種芋にするのは勿体なくない？」

サーシャが並べられたサツマを転がしたり、持ち上げたりしながら言う。

「勿体なくないよ。まだ沢山あるしね。いいサツマは良い種芋からじゃないと。全部に祝福を与えて貰える？　祝福を受けたサツマの収穫量ってどの位増えるのかな？」

「このくらいは大丈夫よ。私を誰だと思っているのかしら？　収穫量は一・五～二倍くらいかしら？　畑とかの相性もあるしね。ただ土に含まれる魔力量の影響を少し受けるから、出来てみないとね……」

「ふーん、二倍かぁ～。今年は色々作れるかなぁ……」

カインは大量のサツマを思い浮かべながら、サツマの料理を思い浮かべていた。それを見てサーシャは何か美味しい物が食べれるかもと目をまん丸にしながらカインを見つめ、ガーディはあまり大事にならなければいいなと考えていた。

「ねぇ、そんな事より私が祝福を与えたってサツマを今から植えても年越しの日までには収穫なんてできないし、ちゃんと育たないと思うんだけど？　ちゃんと考えてる？」

サーシャが並べられたサツマの一つを手に持ち指さす様に持ったサツマをカインに向ける。

カインとガーディは一瞬ビクっとなるが、お互いの顔を見て小さくため息を付きサーシャの方を見る。

「サーシャ？　精霊魔法には植物の成長を促進する魔法があるよね？」

カインは少し首を傾げながらにっこりと笑う。今度はサーシャがビクッとなり視線を左右上下に移した後努めて冷静を装い返答をする。

「植物の成長を促進？　する魔法？　そんな夢の様な魔法あ、あるわけないじゃない？」

もう質問に挙動不審になっている時点で肯定をしてしまっているが、何とか誤魔化そうと必死になっているサーシャを見て、カインは『これは可愛いなぁ』と思いながら観察していた。もう少しこの可愛いエルフっ娘を見ていたくなり追撃をする。

「やっぱりないかぁ……でもね、僕見ちゃったんだよねぇ。一カ月前は何も植えられてなかった畑が、一カ月後には畑いっぱいに葉を広げるくらいに育ったサツマ畑をね。世界樹の森の村で……見間違いだったのかな？」

カインの言葉に最初はほっとした表情をしていたサーシャだったが、最後の方には段々と冷や汗を額に浮かべ、目の端には涙まで溜め始めた。

「カイン様、それ以上はサーシャが可哀そうですよ。もうネタ晴らしをされてはいかがですか？」

カインの追及に段々と追い込まれていくサーシャを見て気の毒になったガーディが、助け舟を出した。

「サーシャごめん、ちょっとおふざけが過ぎたね。植物の成長を促進させる魔法についてはザインさんから教えて貰ってたんだ。サーシャが内緒にするものだから……本当にごめんよ」

カイン達に背を向けて肩を震わせ始めたサーシャを見て、カインはすぐに謝罪をした。サーシャはまだ気持ちが収まらないのか、後ろを向いたままついにはしゃくりを始める。

「サーシャ、サーシャさん？　ご、ごめんね。お礼のスイーツを二つに増やすから泣くのを止めてくれないかな？　ねっ？　ごめんよ」

カインはサーシャが本格的に泣き始めたと思い、何とかなだめる為にスイーツの増量という奥の手を出した。その言葉を聞いたサーシャの動きがピタと止まる。

「スイーツ二つですね？」

「うん、スイーツ二つ」

「はい、言質頂きました。はぁー、今から楽しみ！」

「サーシャさん？」

「カイン様、そんなに簡単に女性の涙に騙されちゃダメですよぉー。カイン様は根が優しいので、とても心配ですね」

カインはサーシャがウソ泣きをしていたのに漸く気づき、口をパクパクしながらガーディを見る。

ガーディもすっかり騙されたらしく、壁に手をついてうなだれていた。

「カイン様もガーディさんもそろそろ戻ってきてください。いくら成長促進が出来るとは言ってもそろそろ植えないと間に合わなくなっちゃいますからね。まずは、祝福からですね」

サーシャはまだ復活してこないカイン達を放って、テーブルに並んでいるサツマに精霊魔法を掛けていく。左手を胸の前に上げ人差し指と中指をクロスさせて、右手の掌をサツマに向ける。

「大地に祝福されし大樹の娘ドライヤードよ。契約に基づきその力を貸して……【ブレスフェート】」

精霊魔法を唱え始めるとキラキラとしたエフェクトがサーシャの周りに発生し力ある言葉を唱えるとキラキラがサツマに集まり、一瞬強めに光ると消えた。祝福を与えられたサツマは気のせいか、生命力にあふれている様にカインには見えた。

「次は、畑に植えてからね。成長促進の魔法をかけるとすぐに成長を始めるから、今掛けると成長に必要な栄養が足りなくて直ぐに枯れてしまうから。それと成長促進の魔法は、魔力を大量に使用するから一日一回が限度ね」

「サーシャありがとう。それじゃ、苗を植えてからお願いしようかな？　魔力については、心配しないで成長促進の魔法をかける時はこの魔石を使って。足りなかったら言ってね、いくらでも用意するから」

カインはそう言うと収納の腕輪から魔力を三万ＭＰほど溜めた魔石をサーシャに渡した。

「ありがとうって、ナニコレ。こんな爆発しそうなほど魔力を内包した魔石見た事ないんだけど……これをいくらでも用意できるって……さすが使途様ね」

受け取った魔石とカインを交互に見て、サーシャは最後の言葉をほぼ独り言のように呟いた。

カインとガーディは、サーシャが祝福をしてくれたサツマを土魔法で作ったプランターに一つ一つ植えた。祝福されたサツマは三週間程で植え替えが出来る苗を大量に発生させた。祝福を与えられた作物は成長も少し早まるのかと、カインとガーディは楽し気に話しながら、種芋から生えてきた苗を刈り取り植え替えの準備をした。

カイン達がサツマの種芋を植えて苗が育つのを待つ間に、整備局長より人員の募集と藁灰用の藁の準備が出来たと連絡があったので、早速次の日から作業を開始することにした。

集合場所の街壁の外にバルビッシュ達と向かうと整備局長と局員、そして十八名程の男女がカイン達の到着を待っていた。カイン達が馬車から降りると一斉に頭を下げる。整備局長がカインの前に進み出る。

「カイン様、おはようございます。本日からまたよろしくお願いいたします」

整備局長が朝の挨拶をしてその後、今回集まって貰った作業員の紹介をする。年齢は十五歳から三〇歳までとかなり幅広く、男女比は七：三くらいだった。また、カインがお願いしていた調理担当は三名で男性一名と女性二名だった。

三人とも調理経験者で男性は移住前の街で肉串屋の屋台を経営、女性達はそれぞれ宿屋兼食堂での調理を担当していたと後で行った自己紹介時に言っていた。

「皆さん、初めまして僕は、サンローゼ家四男、カイン＝サンシャムロック＝サンローゼです。シールズ辺境伯より士爵を頂いています。これから収穫までどうぞよろしくお願いいたします」

カインが自己紹介をし、貴族だと分かると緊張が走ったのが分かった。

「それと貴族位を拝領していますが、言葉遣いとかで不敬罪とか言ったりしませんので安心してください。でも、暴力的な言葉を使った場合はバルビッシュ達から注意はされると思うので気を付けてくださいね。

募集の時に説明があったと思いますが、作業日の昼食は此方で用意するのでお弁当の用意は不要です。しっかり食べて頑張って働きましょう」

カインが自己紹介をして昼食を用意すると言い説明を終えると何故か拍手が巻き起こった。平民は昼食を食べられるのは半々くらいで今回の昼食付は彼らのモチベーションを上げる一助になった様だ。

「本日はお昼までに荷馬車に乗っている藁を畑に運び込み灰にします。見ての通り作付け面積が広大なので十か所ほどに分けて燃やします。これからカイン様が作っていただく箱型の枠に藁を詰め込む様に」

整備局員の一人が本日の作業を説明し始める。事前の打ち合わせで藁灰を畑で直接灰にした方が効率が良いだろうとなった。

カインはバルビッシュ達と一緒に藁を詰める箱型の枠を作る場所まで馬で移動し、土魔法で順々に作って行く。詰めた藁が灰になった後は、魔法を解除し箱型の枠削除して灰を撒く予定だ。

「やっぱりちょっと広すぎたかな？　種もみ足りるか心配なんだよね……」

最後の箱型の枠を土魔法で作成し終わり、街壁の方を向いてカインが呟く。新街壁は一〇ｍと高いので畑の端からも見る事ができるが、作業をしている整備局長達を見つけるには目を細めないと分からない位離れていた。

「何を今更言われているのですか。種もみについては整備局長達が十分足りる様に集めていますので大丈夫です。それに今回はサーシャが祝福を与えてくれるので発芽も問題なくするそうです」

バルビッシュが少し冷たい目をしながらツッコんできた。カインもガーディもそれを聞いて下を向くしかなかった。

「さぁ、落ち込んでいてもしょうがないので始めてしまった事は最後までやり遂げますよ。次は休憩場と調理場の建設が待っていますよ」

カインとガーディはバルビッシュに促されて馬でサーシャ達が待っている場所までに戻った。サーシャには食事係の三人の護衛を頼んでいた。

「カイン様、お帰りなさいお疲れ様。でも、早くしないと料理の時間が無くなっちゃうから早く作ってね。しかしこの図面の様な物がそんなに簡単に作れる物かしら……」

サーシャは戻って来たカインにねぎらいの言葉を掛けるが、後が詰まっていると急かした。

バルビッシュのツッコミからまだ完全復活出来ていないカインは大人しく「はーい」と返事をして小麦畑予定地とは道を挟んだ反対側に移動し黙々と作業を始めた。シールズ辺境伯領への移動などで何度も土魔法で建築物を作っているので慣れたもので魔力循環を終え、地面に手を付く起伏のあった地面が整地され、複数の建築物を同時に出来上がって行った。

カインの目の前には、高さ五m、直径五〇cmの円柱で出来た柵の中に壁の無い大きな東屋が出来上がっていた。東屋の大きさは床面積がバレーボールコート程の結構大きな物で、端の方には大きな竈も二つ同時に出来上がっていた。

「本当にカイン様は規格外よね。さすがに化け物達の親分ってところかしら？」

目の前に出来上がった建築物を見てサーシャは小さの声で呟いた。

カインが土魔法で東屋を建設すると、チームを二つ分けた。バルビッシュとガーディの建築係、カインとララとサーシャの厨房作成係に分かれた。バルビッシュとガーディは馬車に積まれていた東屋の門を取り出し、門設置用にスペースを開けていた柵にはめ込む作業を始めた。

「さて、僕達は厨房を仕上げちゃおうか。ララ馬車からマジックバックを持って来てくれる？」

カインがララにお願いをすると、ララは「畏まりました」と馬車に向かって戻って行った。

「さぁ、竈の横に水回りのシンクと作業台を作ろうかな？　サーシャ、高さを見たいから竈の横の……ここら辺に立ってくれる？」

サーシャを竈の横のスペースに立たせ、カインは竈との位置関係を確認した後、地面に手を付き【クリエクレイ】の魔法を発動させてシンクと調理台を作成した。

調理台はシンクを中心に左右に二人が余裕で作業を出来るだけのスペースがあり、大人数の料理を一度に準備が出来そうだった。シンクも大きな鍋が三つも一度に洗えるだけの大きさで作った。

「しかし、この建物といい、調理台といい、自然にしれっと作り出しちゃうけど……カイン様、エルフでもこんなに簡単には作り出せませんからね……」

サーシャが出来上がったばかりのまるで大理石の様に磨かれた調理台を指で触りながら呟く。

「えっ、ま、まぁ関係者しかいないし大丈夫、大丈夫？、大丈夫だよ」

カインは自分に言い聞かせる様にサーシャに答えると、シンクの後ろ側に水の水晶の魔道具を設置する台を作成する。水晶に手をかざすと魔道具から水が出て調理や皿洗いなどに使えるようにする。

「「す、すごい。こんな厨房見た事ない（です）」」

調理担当の三人がカインが作りだした調理台と竈を見ながら感動していた。

「さぁ、そろそろ準備を始めないとお昼に間に合わなくなります。あなた達も手伝ってください」

マジックバックを持って戻って来たララが、調理担当の三人に向かって指示を出す。三人は「はい」と返答し、ララがマジックバックから取り出して並べ始めた調理器具を作業に使用する場所に設置していく。

❖❖❖

「「「うぉー！　美味しい（旨い）」」」

カイン達と調理担当の三人が作ったスープを飲みながら午前中の畑仕事を終えたメンバーが一口食べると叫び声を上げる。

「口に合って良かった。お代わりは一人一杯までだけどあるから遠慮なく食べてね。ただあまり食べ過ぎると午後からの作業に支障が出ない範囲でね」

カインがそう言うと一緒に食べている全員が笑い声をあげる。本日の昼食は、ホーンラビットの肉がたっぷり入ったトマト味がベースのスープと、拳大のパンが二個だ。肉体作業をして貰っているので少し塩味を濃い目にした。

「でも、ホーンラビットの骨からこんなに美味しいスープが出来るなんて思ってもみなかった」

調理を担当した女性がスープをかき回しながら呟く。カインは今回、スープを作る前に捌いたホーンラビットの骨を水から煮出して取った出汁を使う様に指示していた。

「そうだな、捌いた後の骨などはゴミだからな。しかし、この調理法は秘伝とかだったりしないのだろうか？」

調理人の男性の呟きに調理担当の女性達も「そうよね」と同意する。

「美味しいは正義だから、いいのいいの。それに特に秘伝でもないから、契約の期間が終わったら遠慮なく広めても良いからね」

三人の話を横耳で聞いていたカインはニッコリ笑いながら言う。三人は目を大きく開けながらびっくりしバルビッシュを見ると、バルビッシュがゆっくり頷く。

肉がたっぷり入った美味しいスープとパンの昼食を食べた作業者たちのやる気は凄く、午後の作業は予定より早めに終わるほどだった。

作成した藁灰を三日程かけて小麦畑にまんべんなく撒き、土に混ぜて行った。藁灰と畑の土がなじむまで小麦畑での作業はお休みで、その間に東屋の隣にサツマ畑を作成し、サツマの苗を植えた。

「ふふふっ、今年のサツマ畑は例年の三倍。沢山サツマが楽しめるね。はぁー早く出来ないかなぁ！」

カインが作付けの終わったサツマ畑を見ながら、喜びを身体全体で表現する。

小麦畑全体に撒いた藁灰がなじむのを一週間程待ち、カイン達は次の作業に移った。今日から本格的に農作業が始まる。東屋に集合し本日の作業を確認する為、朝礼を行った。

「皆さん、おはようございます。本日より本格的な農作業に移ります。今週中に種まきをして水やりを終わらせたいと思います。無理せず適宜休憩を入れますので頑張りましょう」

カインが朝の挨拶とこれからの作業を伝えると元気な返事が返って来た。

「それでは、畝に種まきに必要な溝を作る班と種まき班に分かれてください。溝作成班はガーディ、種まき班はサーシャの所に集合してください」

カインの指示で作業者達が二班に分かれていく。

「それじゃ、僕達も作業を開始しようか。僕が畝を作らないとみんなが作業出来ないしね。バルビッシュ、ララ、よろしくね」

二人にそう声を掛けてカイン達は畑の端に移動する。カインは小麦畑の端を見通そうと額に手を当てて目を細める。

「さすがに、この距離は一度には難しいかな……。半分づつくらいにしようかな、ねぇバルビッシュ?」

小麦畑の端を見た後、バルビッシュにカインは言う。

「そうですね、計画書の様に真直ぐ作りたいので三分割くらいにしましょうか。自分が目印の杖を差してきますので、ララ、カイン様を頼んだ」

バルビッシュはそう言うと、カインが石畳化の時に使用した杖を持ってふかふかの畑を何の問題もなく走って行く。畑の1/3位の位置に着くと振り返り、杖を畑に差し手を振った。

「バルビッシューッ！　行くよー　……【アースディグ】」

　カインが畑に手を付いて呪文を唱えると、幅二〇㎝位の畝が三本バルビッシュに向かって伸びていく。いつの間にかカインの側まで来ていた作業員たちが、一瞬で出来上がった畝を見て感嘆の声を上げる。口々に「カイン様凄いです」「カイン様は神童だ」とか呟いていた。

「えっと……どんどん作って行くのでみなさん、後はお願いしますね」

　カインは褒められてちょっと照れながら言った。それを聞いた作業員たちは大きな声で「「はい」」と返事をし、作業を開始する。

　溝作成班は、溝の真ん中に麻紐を乗せて目印にして溝を作って行く。今回、溝の深さが一定に作れる様に十字型の溝作成道具を作っていた。そして、種まき班にも均一に種を撒けるように手押し車を改造して車輪が回ると同期し、種が数粒づつ落ちる仕組みの道具を作成した。

　カインが畝を作り、溝作成班が溝を作り、種まき班が種を撒く。最後にみんなで水を撒いてを繰り返し、一週間程掛けて全ての種まきを終えた。その頃になると最初に撒いた種が芽を出し、ぐんぐん成長していた。

「はぁー、種まきが終わったと思ったら今度は麦踏み。農業って大変だねー」

　カインは成長した小麦の芽を罪悪感を必死に抑えながら踏んでいく。周りの作業員達は慣れたもので次々と麦踏みを進めていた。

「これでも楽なほうよ、本当ならこんな広大な土地を耕すだけで二カ月くらいかかるのだから。カイン様の魔法様様よ。昼食もボリュームがあって、とても美味しいからみんなのやる気も凄いしね」

そばで同じように麦踏みをしているサーシャがカインの呟きに答える。

「そうなんだぁー、僕はサーシャの祝福の方が凄いと思うけどね」

今一つピンと来ていないカインは、道の反対に生い茂るサツマの葉を見ながら呟く。カインの視線の先には、この一カ月で通常の三倍くらいのスピードで育っているサツマの畑が広がっていた。

バルビッシュや作業員達はカインとサーシャのやり取りを横目で聞きながら「〔いえ、どちらも同じように異常ですから〕」と心の中で叫ぶのだった。

三回目の麦踏みが終わり、そろそろ十月も中旬に差し掛かり朝夕が冷え込み始めた。あと半月もすれば吐く息が白くなり始める。カイン達はもっさもさに生い茂ったサツマ畑の前で各々の鎌を手に持ち、合図を待っていた。

「それでは、皆さま。怪我をしない様に気をつけて思う存分掘り返して下さい。では、始め！」

ララはそう言うと笛を思いっきり吹く。笛の音を合図に作業員達が一斉にサツマ掘りを始めた。

「カイン様、鎌を使う時は鎌を持っている手と同じ方の足を前に出してはいけませんよ」

ガーディが片腕で器用にサツマの葉や茎をザクザク切りながら注意をする。鎌を持っている手と同じ方の足を出していたカインは、慌てて足をひっこめる。

それからも何回か注意をされながら順調にカイン達はサツマの葉を刈り取って行った。回りの作業員達はいつもより気合が入っている様子で、どんどん作業を進めていく。今回の収穫では四人一組の班を作成し、どの班が一番サツマを収穫できるか競争することにした。

この二カ月の農作業で大分慣れてきたとは言え、中腰のままでずっと収穫を続けるのは大変なので少しでも楽しく収穫できればとカインが考案し、実施したのだった。ちなみに一位と二位には、配分にプラスして二〇kgと一〇kgのサツマを賞品として渡される。

作業員達の気合は物凄く、一見して通常の一・二倍位のスピードで作業を進めるのだった。

「カイン様、サツマの葉の刈り取りは、ほぼ終わりましたので、さっそくサツマを掘り起こしましょう。掘り起こしたサツマはそのまま土の上に置いておいてください。バルビッシュとサーシャで籠に入れますからね」

ガーディが畑から伸びている茎を引き抜きながら指示を出す。カインは「わかった」と返事をして次々とサツマを引き抜いて行く。引き抜いた茎の先には四〜五個の大人の拳二つ分くらいのサツマが土から掘り起こされた。

「うーん、去年よりサツマの大きさが少し小さいかな？　まぁ、二カ月で収穫できたと考えると十分かな？」

掘り出したばかりのサツマを両手に持って大きさと重さを確かめながらカインが呟く。

「そうですね、たった二カ月ですからね。それでも通常のサツマより大きく育っているのですからサーシャの祝福はすごいです」

ガーディが次々とサツマを掘り起こしながら答える。

「もっと私をほめても良いわよ。本来ならこんなに気軽に使ってはいけないのだから。しかし……私が祝福をしたからって、こんなに収穫が増える物かしら……」

サーシャがドヤ顔をしながら、胸をそらしながら会話に入ってくる。しかし、ふと次々と掘り起こされ山盛りになっていくサツマを見て考え始める。

「おい、サーシャ！　考えるのは後だ。どんどん籠に入れていくのだっ！　早く入れていかないと、サツマで足の踏み場が無くなるぞ」

バルビッシュが半ば怒鳴るようにサーシャを注意する。サーシャはその声にハッとなり、作業を再開する。

一時間程で収穫作業が終わり、畑の周りにはサツマが山盛りになった籠がいくつも並んでいた。その側には疲れ果てた作業員達が汚れる事もいとわず畑に横になっていた。

「はぁーい、皆さんお疲れさまでした。予想よりも大分早く収穫作業が終わりました、集計は後程行いますので東屋の方に移動してください。蒸したサツマを用意していますから頂きましょう」

ララがにこやかに微笑みながら作業の終了を告げた。

カイン達は、疲労困憊の身体をのろのろと動かして東屋に移動した。サツマ掘り競争をした結果、全員泥だらけとはなってないが、かなり汚れていたのでカインが、【クリーン】の魔法を全員に使って綺麗にした。「衛生管理は大事だから」と恐縮する作業員を説得した。

「カイン様、お疲れ様でした。お水をお持ち致しました」

魔法をかけ終わったカインにララが飲み物をわたす。

「ありがとう、ララ。丁度のどがカラカラだったんだ」

水の入った木のコップを受け取り、カインは一気に飲み干した。他の作業員達もそれぞれ水桶から水を汲み、一息入れる。

「染み渡るとは、こう言う事だね。作業効率を上げるために競争にしたけど、動けなくなるまで頑張らなくてもねぇ」

東屋に着いても疲労の為か地面に座り込んでいる作業員達を見ながら、カインが呟く。

「そんなことないですよ。疲れは見れますが、全員笑顔じゃないですか？」

バルビッシュがカインの側に来て答える。

「そうそう、誰一人辛そうに作業をしてなかったわ。カイン様の周りは何時も楽しそうにしている人であふれているわ」

サーシャがカインやバルビッシュ、そして作業員達を見回しながら呟く。ガーディやララは大きく同意するように頷いていた。

「お待たせしましたぁー、サツマが出来上がりましたよ」

料理担当の三人が籠に山盛りのサツマを持って調理場より出てきた。山盛りのサツマからは湯気が立ち上がり、見るからに美味しそうに見える。

「熱いから気を付けて食べてくださいね」

湯気が立ち上がっているサツマをスープ皿に入れて、一人づつ配って行く。サツマの皮が剝かれている場所は奇麗な黄金色になっていて、見るからに甘そうだ。全員に配膳が終わるが、誰一人食べ始める者はいなく、カインの方を見ながら静かに待っている。

「えっと、はい。皆さんお疲れ様でした、皆で育てたサツマです。早速いただきましょう。いただきます！」

カインが短い挨拶と「いただきます」と声を掛けると、全員が「「「いただきます」」」と言って一斉に食べ始めた。作業の昼食時に毎回カインが「いただきます」と言っているのを聞いて、皆が自然と真似をし始めたのだ。

「美味しい」「甘い」「ホクホクだ」など口々に感想を言いながら、蒸たてのサツマを作業員達は夢中で食べている。

「蒸したサツマなど、初めて食べましたが、美味しいですね」

「本当に、【蒸す】という調理法を初めて知ったけど、野菜を甘くする調理法なのね」

「自分は、焼くよりもこちらの方が好きかもしれません」

ガーディ、サーシャ、バルビッシュがサツマを一口食べて、大きく目を開いて驚きながら呟く。カインはその感想を嬉しそうに聞きながら自分もサツマに噛り付いた。

「おおっ、甘いね。ちゃんと中まで蒸されていてホクホクだね。今回のサツマは少し短く太くできたから、中まで蒸されるかちょっと心配だったんだけど、無用の心配だったね」

カインの感想を聞いて調理担当の三人はとても良い笑顔で喜んでいた。

「そうそう、蒸したサツマはそのままでも美味しいけど。ちょっとだけ塩を振るともっと美味しくなるよ」

カインがより美味しい食べ方を提案すると、それを聞いた数人が調理場に向かって走って行った。

そして塩を少し入れた小皿を慎重に持って帰って来ると、追加で配られたサツマに塩を少量振りかけ噛り付く。

「しょっぱ、あまーい」「さっきより甘く感じる」「甘い、美味しい」と次々と口に運びながら感想を言い合う。カイン達も塩の小皿を受け取り、塩を付けて食べる。サーシャ達も先ほどより大きく目を見開いてサツマを頬張って食べていた。

一人三つを食べると蒸しサツマパーティは終了となった。全員サツマでお腹がふくれ、苦しいはずなのに笑顔で収穫したサツマを抱えて帰った。ちなみに競争の結果は一、二位のチームの景品辞退により全員に等分に分けられて持って帰った。全員の笑顔がとても印象的だった。

カイン達もお土産のサツマを持って帰ると、リディが料理長と一緒に玄関で出迎えていた。その日はサンローゼ家でも蒸しサツマパーティが開かれたのだった。

2章

お風呂屋さんを作ろう

カインはサツマを収穫した後、農作業に従事してくれた全員を正式に雇い入れた。雇い入れたのでメンバーの中から三名を選び、取りまとめをお願いした。

それによりカイン達が毎回作業に同行しなくても良くなり、カインは中断していた大衆浴場の建設を再開する。

作業員達の護衛には、冒険者ギルドへ依頼を出した。美味しい昼食付とあってか、今では冒険者達の人気依頼の一つになった。

「それにしても、商会（会社）まで作らなくても良かったんじゃない？」

カインが自室でバルビッシュ達が用意した羊皮紙の契約書にサインをしていく。商会立ち上げに際してサインをした書簡の山を見ながら呟く。

「そうは言ってもカイン様、これから多分色々な事をされる予定ですよね？」

カインがサインをした羊皮紙を一枚一枚確かめながら、バルビッシュが質問をする。

「うん、もちろん。領民のみんながより良い生活を送れるように頑張るつもりだよ」

胸の前で両手の拳を握りながら、ドヤ顔気味でカインが宣言を行う。

「それであれば、これからも人が増えて行きますし、色々な物を購入したり販売したりする事もあるでしょう。その度にカイン様がサンローゼ領の役所の担当者や、商人と交渉や調整をしていては時間がいくらあっても足りませんよ。

それに、シールズ辺境伯からまた街道の整備などの依頼があったら進行中の作業が止まってしまい、いつまで経ってもカイン様の目指す『領民により良い生活を』なんて遠い未来になってしまいます」

バルビッシュが冷静にとつとつとカインに提言する。カインはバルビッシュの意見を聞いて肩を落とす。そして小さく何かを呟いていた。

「でも、カイン様。自分達はカイン様なら必ずやり遂げると信じています。自分達は、全員カイン様の目指されている未来を作るお手伝いをしたいと、心から思っています」

バルビッシュがカインに向かって力強い口調で言う。カインが顔を上げると、ガーディ、ララ、サーシャさえ笑顔でうなずいていた。カインは恥ずかしそうに「ありがとう」と伝えた。

カインが立ち上げた商会の名称は「カイン商会」だった。もちろんカインは全力で抵抗をしたのだが、ルーク、リディアなどカイン以外の全員から「覚えやすくて良い」など言われ、そのままの「カイン商会」で決まった。

❖❖❖

商会の立ち上げ（書類処理が終わって）から三日後、カイン達は新市街の住宅地と商業地の中間くらいの位置にある空き地に、整備局の女性役人に案内されて視察に来ていた。周囲の建設途中の建物からは大工達の威勢の良い怒鳴り声や、資材を運ぶ業者の声が響いている。

「カイン様、それともカイン商会長様とお呼びした方がよろしいでしょうか？」

整備局の女性役人から確認をされる。

「ノエルさん、いつも通りカインでいいです。商会長なんて全く実感がないし、商会長なんて呼ぶんだったら僕もガーディ夫人って呼ぶからね？」

カインを恭しく商会長と呼んだノエルに向かって、口をとがらせながら反撃をする。

「まぁ、ガーディ夫人だなんて……いい響きですね。あまりその様に呼んで頂ける事も無いので新鮮でつい頬が緩んでしまいますね」

ノエルは恥ずかしそうに顔を赤らめながら呟いた。カインの反撃はただ喜ばれただけで、カインの方が恥ずかしくなってしまい、ついガーディの方を見ると、ガーディはとても嬉しそうにカインを見ていた。

「あ、ははは。喜んでもらって僕も嬉しいよ、仕事の時はガーディ夫人と呼ぶね……。さて、此処が領民浴場の建設予定地だね？」

「あ、はい。整備局長より、こちらにご案内するように言われております。広さや周囲の建設予定等からこちらが第一候補地になります。ご要望にそぐわないでしょうか？」

スイッチを切り替える様にノエルが表情を変え、持っている木版を見ながら説明をした。

浴場建設予定地の空き地で、紐の付いた棒を持ってガーディが直立不動で立っている。紐の先を見ると同じく棒を持ったサーシャがいた。

「サーシャ、もう少し右、あっ、ちょっと行き過ぎ。そうそう、そこで止まって！　バルビッシュ、計測お願い」

バルビッシュがカインの指示でサーシャの元に走り、紐に付けた印を数えて木板に計測値を書き入れる。この作業を先程から小一時間程行っていた。

「カイン様、もう飽きたんだけどぉ。あとどれくらい続ければいいの？」

作業を手伝っているサーシャが、ブツブツと愚痴をこぼす。最初の頃は、バルビッシュがサーシャの役をしていたが、背よりも高い棒を真っ直ぐに立てるのに苦戦していたバルビッシュを見かねて、サーシャが手伝うと言ってきたのだった。

「あと、二、三箇所だから頑張って！　サーシャじゃないとこんなにスムーズに出来ないから、お願い」

カインはとびっきり可愛い笑顔でサーシャの両手を握りながらお願いをした。

「そ、そこまで言われては、しょ、しょうがないわね。早く次の場所を言いなさい」

カインが次の計測点を示すと、うっすら顔を赤くしながらサーシャが走って離れる。カインは「ありがとう」と言って、バルビッシュの方を振り返りウィンクをした。

「みんな、お疲れ様。必要な計測は全部終了です。ありがとうね、休憩にしよう」

計測結果を書き込んでいた木板と空き地を交互に見て確認すると、カインが作業終了と休憩を伝えた。

ララが入れてくれた香茶を飲む。今日の香茶はジンジャーとハチミツ入りだった。冬が近づきつつあるこの季節、陽が当たっている時は温かいが、今の様に少し雲に陽が隠れると寒く感じる。温かい香茶とジンジャーの効果で身体が温まってきた。

「ララ、香茶美味しかった。ジンジャーとハチミツはこれからの季節、最強の組み合わせだね」

飲み終わった木のカップをララに返しながらカインはお礼を言った。

「喜んでいただき、とても嬉しいです。ジンジャーとハチミツを持たせてくれた料理長にお礼を言わなくてはいけませんね」

ララはとても嬉しそうにそう呟くと目を細めて笑った。他のメンバーも飲み終えたカップをララに返し、休憩時間は終了になった。

「それじゃ、お昼ご飯の前にもうひと仕事しようか。午後には棟梁達が来るはずだから、建設案の模型を作っておかないとね。ガーディ夫人、建築三案の木板を持って来てくれる？」

カインに言われノエルはA3サイズ位の木板をカバンから取り出し、地面に並べる。木板には浴場の平面図と右上に立体図が描かれていた。

建設三案は整備局の設計者が用意したもので、ルークやリディア達に承認されたデザインだ。浴場は三棟建設する事が決まっており、カインには、何処にどの案のデザインで建築するか決める様に指示がされていた。しかし、どれも中々良いデザインで当日まで決められなかったのだ。あきらめたカインは当日周辺の建物とのバランスを見て決めようと考え、今日となった。

「はぁー、どれも良いんだけど、この案のデザインがここにはいいような気がする。バルビッシュ、ガーディ、サーシャ、ララ、ガーディ夫人どうかな？」

カインは一枚の木板を建設予定地に向けて掲げて確認をする。三案とも、どの建設予定地にも建築できる様にデザインされているが、此処の場所は長方形をしており、カインが選んだデザインは学校の校舎の様に横に長い恰好をしたデザインだった。

ガーディ達は木板に書かれたデザインと建設予定地を交互に見ながら大きく頷き

「「「この建物がここには良いと思います」」」と声を揃えて返事をした。

カイン達が休憩を終えてしばらくすると、数台の荷馬車と共に屈強な男達が現れる。先頭の荷馬車の御者台から、長髪を少し上に結わえた壮年の男がカインの前に進んでくる。その男を見てカインはにっこりと笑顔で声を掛けた。

「アルフレッドの親方、お疲れ様です。丁度計測と、建設する建物の案が決まりました」

カインがバルビッシュより建物のデザインが描かれた木板を受け取り、アルフレッドと呼んだ男に見せる。

「カイン様、それは重畳です。昨日までまだ決まっていないと悩まれていたので心配をしておりました。おおっ、この案ですね。おい、お前ら集合しろっ！」

アルフレッドが木板を見て、一緒に来ていた男達に号令をかける。男達は作業を即時中断し、駆け足でアルフレッドの元に集まった。

「今回建設する浴場の図面がこれだ、よく確認をしておけよ。整備局の嬢ちゃん、この図面の複製をこいつらに渡してやってくれ」

アルフレッドは、男達に指示を出した後、クレアに図面の複製を要求する。クレアも慣れたものですでに用意していたのか、数十枚の木板が入っている箱を指さし、「あちらにすでにご用意済みです」と伝えた。

アルフレッドは、ニカッと歯を出して笑い、「カイン様の周囲には優秀な人材ばかりですなぁ」と関心をしていた。それを聞いたカインはとても嬉しくなり、素直に「ありがとう」と返事をする。アルフレッドは「そこは謙遜する所です」と少し苦笑いをしながら返答するのだった。

「それじゃあ、そろそろ基礎を作ろうか？　バルビッシュ、いいよね？」

カインはアルフレッドとの会話を終えると、バルビッシュに次の作業に移ると伝える。その言葉を聞いて、バルビッシュとガーディは同時にうなずき、建設予定地に魔石のついた棒を差しに走った。

街門の外に作った東屋の建設時に分かった事なのだが、建物の大きさが大きくなるとどうしてもイメージだけではあいまいになる部分が出てくる。そこで、石畳化や街壁の時のようにカインの魔力の籠った魔石を置いて、目印にしようと考えたのだ。

カインの魔力が籠った魔石を目印にする事でイメージが崩れず、あいまいな部分が大分少なくなる。バルビッシュ達が目印の棒を立て終わると、カインはいつもの様に【魔力循環】を開始する。世界樹の森の村一件のあと、一度に放出できる魔力量が各段に増えたが、その分制御が難しくなっていた。

『すこーしづつ、すこーしづつ。ゆっくり、ゆっくり』カインは細心の注意を払いながら魔力循環を行う。気を抜くとすぐ噴き出しそうになる【魔力】を体内で練り、循環させながら密度を上げていく。最近出来るようになったが、魔力を固めるイメージで循環していくと魔力が濃くなる事を発見。

魔力が濃くなると創りだす物の精度が増すのだ。しかし、濃くなりすぎると循環させるのにとても集中力が必要なので、今もカインの額には玉の汗が噴き出し始めた。十分に【魔力循環】をして魔力の濃度を上げると、カインは地面に手を突き魔力を広げていく。

創り出す建物のイメージを、広げた魔力で構成していき、形になった所で【クリエイトハウス】と唱える。カインの力ある言葉の解放と共に、建設予定の場所の地面が踏み固められた様に平らになる。

そして、地面から壁が伸びていき次第に土台が出来、壁が空へと向かって伸びていった。

「ふぅー、さすがに疲れたね。でも、図面通りに出来たかな？　アルフレッドの親方、どうです？」

額に噴き出していた汗を袖で拭って、後方に控えているアルフレッドを見る。

「……えっ。……いやー、凄いの一言ですね」

大きく開いた状態で固まった口を何とか動かし、アルフレッドは言葉を絞り出す。アルフレッド以外の男達は目を見開いて固まっていた。

「あれっ？　またやりすぎちゃったの？　バルビッシュ？　ガーディ？　サーシャ？　ララ？」

カインはジュシャ達を一人づつ見て確認をする。バルビッシュとガーディはいつものようにうなだれ、サーシャは引きつった笑顔、ララだけは満面の笑顔で胸元で拍手をしていた。

「これは、早めに退散した方がいいかもね」

頬を指で掻きながらカインは呟いた。

「カイン様、それでは三週間程で建物全体を完成させます。一週間に一回は進捗をご報告に上がりますが、出来れば視察にもお越しいただければと存じます」

「もちろんです、僕もボイラーなどの魔道具を設置しに来ないといけないので。そうだ、建築中に壁や土台部分で気になったことがあったら、遠慮なく言ってくださいね」

カインとアルフレッドは浴場建築の現場引継ぎを行った。アルフレッドは、これから屋根と内装の建築を行う。カインが土台部分と壁のほとんどを【土魔法】で作ったので、工期が大幅に短縮される予測だ。アルフレッドが挨拶をしてカインの元を去ると、サーシャが近づいてきて質問をする。

「カイン様、さっき魔道具を設置するとか言ってなかった？」

「うん、言ったよ。浴場のお湯を作る魔道具を設置するんだ。まあ一人じゃ出来ないけど。次に世界樹の村に行った後、ザインさんに来て貰って作らないと」

「カイン様、あなたはどれだけ凄いんですか？」

「いやいや、魔道具を作るのはザインさんだから。僕は必要な魔石を作るのを手伝うだけだし」

「魔石を作るって……そんなに簡単に言って」

サーシャはそう呟くとバルビッシュ達の方を見る。バルビッシュとガーディはいつもの様にうなだれながら頭を振っていた。

❖❖❖

浴場建築開始から一週間ほど経った時、カインはルークに朝食の後、執務室に来るようにランドルフから伝言を受け取り、執務室に向かった。いつもの様にララが執務室の扉をノックし、カインの来訪を伝えると、ランドルフが扉を開けてくれた。

執務室の中にはザインとメリダがソファーに座ってルークと話をしていた。カインに気付いた二人はとても優しい笑顔で笑った。

「ルークお父様、遅くなりました」

カインがルークに挨拶をする。

「急に呼び出してすまんな。ザイン殿達が来てくれたので、早めにと思ってな。三日後、予定通りに世界樹の村へ向かうので準備を頼む。また今日と明日だが、ザイン殿達にサンローゼ領街を案内して貰いたいのだが頼めるか？」

ルークが連絡事項と観光案内のお願いをしてくる。

「はい、もちろんです。準備はすでに終わっていますので大丈夫です。ザインさん達にサンローゼ領街の良い所を見てもらいます」

カインはルークからの依頼を笑顔で了承する。その後ザイン達の方へ向き直り、改めて挨拶を交わした。観光案内は昼食後向かう事を決めて執務室を先に退出する。ザイン達はルークと交易品についての話し合いを続けた。

カインは少しウキウキしながら自室の戻ると、バルビッシュ達にカインの部屋に集合して貰う様にララにお願いをする。ララは屋敷の他のメイドに伝言をし、自分はカインの為に香茶を用意した。ララが香茶の用意を終えてカインに配膳する頃には、バルビッシュ、ガーディ、サーシャが集まって来た。

三人にカインはルークからの依頼について説明をして、ザイン達を何処に案内するのがいいのかを質問する。三人は少し考えた後、バルビッシュから順番に答える。

「まず、新市街門ではないでしょうか？　カイン様が創られ、整備局がデザインした傑作ですからね。訪問された時に見られてはいると思いますが、馬車の中からですと、やはり細部までは見られませんからね」

バルビッシュが新市街門の観光を提案する。カインは「いいねぇ」と返事をしメモを取る。

「新市街門の後でしたら、市場広場はいかがでしょうか？　昼食後なので雑貨を中心とした店が出ている時間帯ですし、サンローゼ領内で作られている物を見て貰う事が出来ますよ」

ガーディーは市場広場の観光を次に提案した。市場広場はカインが広場全体を石畳にした後、どんどんにぎやかになって行き、サンローゼ領内の物が沢山集まる場所になっていた。

「サーシャは何処が良いと思う？」

最近サンローゼ領に来たサーシャにも意見を聞きたいと思い、サーシャに質問をする。

「私？　あんまり外に出ないから……ああ、少し暗くなってからでも良いのなら、魔力灯がともってから領内を案内するのはどうかしら？　少し柔らかい灯りで照らされた街中はとても奇麗よ」

サーシャの意見を聞いてカイン、バルビッシュ、ガーディとララは「「ああ」」と大きく同意した。

サンローゼ家では、ザイン達を歓迎する晩餐会が開かれていた。堅苦しいのが苦手なザインの希望により、カインの従者であるバルビッシュやガーディ、そしてサーシャとノエルまでも晩餐会に参加している。

バルビッシュも晩餐会用にいつもの冒険者風の衣服ではなく、執事服っぽい仕立ての良を着ている。ガーディは騎士服を着て参加しており、身体が大きい為か、騎士団長の様な雰囲気を醸し出していた。サーシャ達女性陣は、髪と瞳に合わせた色のドレスを着ており、晩餐会に彩りを添えていた。

晩餐会はシールズ辺境伯が訪れた時に振る舞ったハンバーグをメインに、カインが先日入手した味噌を使ったスープなどの料理が振る舞われていた。

「このハンバーグと言う肉料理は絶品ですね。ナイフを入れるとあふれる肉汁とワインのソースがとても合う。それに先ほど頂いたスープも初めて頂きましたが、とても優しい味わいのスープでした」

ザインが振る舞われた料理の感想を目を見開きながら語っていた。その隣ではメリダも黙ってはいるが、一口食べる度に笑みが深くなっていく程楽しんでいた。

「喜んでいただき何よりです、これらの料理はカインが我がサンローゼ家に伝わる〝勇者様の書〟に記載されていたレシピを再現した物なのです」

ルークがザインの感想に感謝を言った後、レシピについて説明をした。

「それは、凄い。私も実際にはお会いしたことは無いですが、勇者様の勇姿と知識の深さについては聞き及んでいました。やはりあの時、無理にでもお会いしていれば……」

ザインがハイエルフならではの感覚で呟くと、それを聞いた一同は「さすが、ハイエルフだ」と感心をするのだった。

「して、ザイン殿。サンローゼ領街はいかがでしたか？　まだまだ発展途上でお見苦しい点があったのではないかと危惧しておりました」

「そんなご謙遜を。カイン様が基礎を作成され、領内の職人が仕上げた新街門は素晴らしかったです。堅実でありながら、何処か訪れる者、戻って来た者を安心させる雰囲気が漂っていました。それに領民の方々の表情がとても明るく、とても良い街だというのが良く伝わってきました」

ザインが、ルークの問いに今日見て回ったサンローゼ領街の感想を感情を込めて語った。

「それは重畳です。ザイン殿にそのように感じて貰い私を始め、領民も喜んでいると思いますよ」

ルークは、ザインの印象がとても良かったことを素直に喜んだ。

「メリダさんはいかがでした？　女性の感想も伺いたいですわ」

リディアがザインの横で静かに話を聞いていたメリダに質問をする。

「はい、私もザイン様と同じ様にとても良い街だと感じました。それに最後にご案内頂いた街灯がともった後の街はとても奇麗で、思わずため息が出る程でした」

メリダは、先ほど見てきたサンローゼ領街の通りに沿って続く街灯を思い出しながら感想を伝えた。

「シールズ辺境伯領街に長年住まわれていた方に褒めて頂くと、とても嬉しいですね」

メリダの感想にリディアは目を細めながら喜び、カインに向かって誰にも気づかれない様にウィンクをする。カインも同じくウィンクで返答をした。

晩餐会のデザートはオレンジを使ったショートケーキだった。初めて食べる生クリームのケーキにザインもメリダもとろける様な表情で一口、一口噛みしめる様に食べていた。カインもオレンジの酸味が生クリームの甘みがよく合っていて、「さすが料理長」と心の中で称賛をするのだった。

清掃の終わったサンローゼ領家の浴場でザインとカインは朝からボイラーの作成を行っていた。

シールズ辺境伯領家で約束した事をザインが果したいと言うので、お客様として訪問されていたが、お願いすることにした。

「あれから少し設計を見直したんですよ。そうしたら魔力効率がシールズ辺境伯領家で作成した物より良くなりましてね。いやー魔道具の研究や改良は楽しいですね」

ザインは鼻歌でも歌いそうなほど上機嫌で作業を進めていた。なんでもカインが提供する魔石からの魔力復元率がとても高く、魔力回路で行っていた余計な処理が不要になったのが要因と説明をしてくれたのだが、専門的な知識のないカインとしては「凄いですね」や「おおっ」などを返答するだけで精いっぱいだった。

「そうだ、ザインさん。サンローゼ領家では水を汲みに行くのが大変なので、以前購入した水水晶の魔道具を使いたいのですが、問題ないですか？」

「確かに、この大きさのボイラー（容器）に水を毎回満たすのは容易ではないですね。良い対策案だと思います。そうすると、水水晶から水を生み出す魔力回路も追加で必要だから……」

カインからの提案を聞いたザインは、自身のマジックバッグから紙のノートを取り出し、何やら書き始める。三〇分くらいブツブツと独り言を呟きながら考えた後、「出来たっ！」とにっこりと微笑みながら検討結果を記したノートをカインに見せた。

「すみません、何かの魔力回路？　が書かれているのは分かるのですがまだ勉強不足で……」

カインが頬を指先で掻きながらザインに返答する。

「これは、失礼しました。興奮してつい……こちらは、水水晶からより効率よく水を生み出す魔力回路になります。水水晶自体が古い世代の魔道具なので、所々無駄が多いのですよ」

ザインも興奮していた自身を恥じるように頬を掻きながら説明をする。いくつかの改良を加えた新ボイラーが完成したのは、お昼の時間を大分過ぎた頃だった。

「それでは、早速お湯を作ってみましょうか」

ザインが完成したボイラーの試運転を宣言した所で、バルビッシュより昼食の後に行わないかと提案がされて、カインとザインは夢中になりすぎていた事に気付いた。二人は一緒に作業をしていたバルビッシュやガーディ、サーシャに謝罪をして昼食を食べに食堂に移動する。

昼食はすでに出来上がっており、カイン達が席に着いた途端に配膳される。メニューはマヨネーズを使ったミックスサンドだった。そして料理長特製の野菜たっぷりスープが付いていた。スープを配膳時に料理長からの伝言を聞いたカインは、温かいスープを飲んでいるにもかかわらず、冷や汗をかいた。

周りからは急に背筋をピンとしてカインがスープを飲み始めたので、不思議そうな表情を向けられるがカインは何も言わず、「報連相は大事」と思いながら黙々と昼食を食べるのだった。

昼食後の試運転には、ランドルフを始めメイド長達も参加していた。改良は加えたが一度作った実績があるので失敗のリスクは低いと考え、カインがララを通じて声を掛けた。試運転をするとボイラーがお湯でいっぱいになるので、操作の説明をするために一度お湯を捨てないといけなくなるので〝もったいない〟精神が働いたのだった。

「それでは、操作方法ですがまずは、カイン様が魔力を込めた魔石をここにはめます。そしてこちらのレバーを下げ、水をボイラーに貯め……最後にこの魔石に魔力を流して水をお湯にします……以上が手順ですが分からない所などありますか？　少し時間がかかりますが、操作手順を書いた物を用意しますね」

ザインがサンローゼ領家のメイドと執事にボイラーの操作方法を説明していた。シールズ辺境伯領家のものより少し操作が複雑だが、水の運搬が必要なくなったのと、今回温度設定が出来るようにザインが改良してくれた。

「カイン様、今回の新型ボイラーは凄いですね。以前は熱湯に水を入れて温度調節をしていましたが、今回は適温のお湯を作れるのでメイド達の労力が減りました」

ランドルフがザインの説明を聞いた後にカインに感想を伝えた。

「そうだね。ザインさんに感謝と、今まで大変な作業をお願いしていた皆に謝らないと」

「ザイン様にはきちんと感謝をお伝えください。メイド達には謝罪は不要ですよ。作業は大変だったとはいえ湯に毎日浸かれたのですから。でもカイン様がお声を掛けてくださるのであれば皆喜ぶと思うので労いのお言葉を頂けるのであればお願いします」

カインは「うん、そうするね。ありがとう」と最後はランドルフだけに聞こえる様に答えた。まだまだ、貴族としての対応が身についていないカインに、ランドルフは優しく注意をしてくれるのであった。

3章
世界樹の村再び

サンローゼ家の屋敷の玄関にルーク、ランドルフ、ザイン、カイン、バルビッシュ、ガーディ、ララ、サーシャ、騎士団長と三人の騎士団員、三人の文官が四台の馬車に乗り込む準備をしていた。今日は三カ月に一度の世界樹の村へ行く一日前。カイン達はこれから一度サンローゼ領の街壁の外に出た後、〝転移の杖〟を使ってシールズ辺境伯領へ移動し、シールズ辺境伯達と合流し世界樹の村へ本日中に移動する。

「あなた、カイン、気を付けて。無事のお帰りをお待ちしております。ランドルフ、任せましたよ」

リディアがルークとカインを順番に見て旅の無事を伝え、ランドルフに二人を任せる。

「うむ」「リディア母さま、行ってまいります」「畏まりました」ルーク、カイン、ランドルフが順番に返答をして馬車に乗り込んだ。サンローゼ家のメイド、執事が一斉に「「「行ってらっしゃいませ」」」と声を揃えて言うと、馬車がゆっくりと門に向かって進んだ。

四台の馬車が街中を進む。騎士団が先導しているので、ルーク達が乗っている事に気付いた領民達の中には立ち止まり、頭を下げる領民達がいる。

「ルーク様、本当にサンローゼ領はとても良い街ですね。街全体に活気があり、領民の皆さんには笑顔が子ばれている。領主のルーク様達はとても領民に慕われていらっしゃる」

ルークと同乗しているザインが過ぎる街並みを見た後、ルークに向かってサンローゼ領の感想を伝える。

「ザイン殿にそのように言って頂き、とても光栄だな。恥ずかしながら以前は、あまり豊かではなかった。まあ、今もあまり余裕は無いがな。少しづつ、少しづつ良くなってきていると信じている」

ルークは返答すると馬車の外を見る。その横でランドルフが静かに頷き同意をする。

「それに、此処まで急速に良くなって来ている要因の一つは、カインの力による所が多大にある……が、いつまでもカインだけに頼る訳にもいかないと、大人達が奮闘しているのも大きい」

ルークが何かを思い出したように小さく微笑みながら呟き、ランドルフを見る。ランドルフも「その通りかと」と相づちを打つ。

それを静かにザインは聞きながら『やはり、サンローゼ領の方が良いかな』と心の中で考えていた。

その後、四台の馬車は街門をくぐり、カイン達が作った小麦畑の横を通り、森の影になる位置で止まる。護衛の騎士団達が周囲の確認をし、安全を確保後、カイン達は馬車を降りた。

ザインを先頭にカイン達は三列に並び、少し馬車から離れる。そしてザインが〝転移の杖〟を魔法の腕輪から取り出しカイン達の方を向いて立ち止まった。

「それでは、まずシールズ辺境伯領まで移動します。今回はシールズ辺境伯領外にすでにシールズ辺境伯達が待っている手はずになっていますので、合流後すぐに移動になりますのでなるべく離れない様にしてください」

ザインの説明を静かに聞き、全員頷く。ザインが〝転移の杖〟に魔力を込め呟き始める。〝転移の杖〟が光り始め魔力が全員に行きわたり、「それでは、移動します」とザインが言うと景色が揺れた。

カインはいつもの転移揺れだと思ったら景色が変わり、シールズ辺境伯の街壁が見える草原に立っていた。カインの両側にいるバルビッシュとガーディが即座に周囲の警戒を行う。騎士団と文官達は初めての転移だったため、転移酔いが出たのか膝をついてうずくまっている。騎士団長だけは強い意思で転移酔いを抑えたのか、バルビッシュ達と同じく周囲を警戒していた。

「さすがに、五度目となると転移酔いにも慣れるな。おっ、シールズ辺境伯達がお見えだ」

転移を多く経験しているルークは、少し頭を振りシールズ辺境伯領の方から向かってくる一団を見つけ、呟く。

シールズ辺境伯達の一団がゆっくりとカイン達の近づいてくる。騎兵が一騎集団から離れ、先に近づいてきて声の届く距離で止まり叫ぶ。

「こちらは、シールズ辺境伯と同行者です。そちらはサンローゼ領家の方々とお見受けしますがいかがですか?」

「いかにも、我らはサンローゼ子爵と同行者です。私は、騎士団長のアーガイルです。確認ご苦労さまです」

騎士団長のアーガイルがシールズ辺境伯の騎士に名乗った。シールズ辺境伯の騎士は「畏まりました」と返答をし、シールズ辺境伯のいる一団に戻って行った。しばらくすると、シールズ辺境伯の乗っていると思われる馬車がルーク達の元に近づいてきて停車し、扉を従者が開けると旅装姿のシールズ辺境伯が降りてきた。

「三カ月ぶりか、元気だったかサンローゼ子爵、カイン?」

ルーク達を見つけたシールズ辺境伯はいつもの様にニカっと豪快に笑いながら近づいてきた。

サンローゼ子爵領からシールズ辺境伯領へ〝転移の杖〟で移動して来たカイン達に合流したシールズ辺境伯は、いつもながらの豪快な挨拶をルークとカインにする。カインも慣れたもので「お久しぶりです、お祖父さま」と返答する。

「それにしてもシールズ辺境伯、だいぶ沢山の品物をご用意されたのですね」

ルークがシールズ辺境伯が乗って来た馬車の後ろに続く六台の荷馬車を見て質問をする。

「いや、世界樹の村でどの様な需要があるか不明の為、様々な品物を用意したのだ。少しでも良い取引が出来ればと文官達と知恵を出し合ったのじゃ」

「確かに、私達も依頼された物以外にも大深森林《だいしんしんりん》の魔物素材をいくつか持ってきました。世界樹の村では人族には伝えられていない素材の加工法がありそうですからね」

シールズ辺境伯とルークはどこかワクワクしている様にカインには見えた。

「荷物の入れ替えに少し時間を要するじゃろうから、儂の馬車の中で話をしないか？　ザインもどうじゃ？　茶ぐらい用意するがの」

シールズ辺境伯は、荷物を乗せ換えているシールズ辺境伯領の兵士達を見ながら、ルーク、カイン、ザインに話があると伝えた。ザインは「お言葉に甘えさせていただきましょうか」と返事をしてシールズ辺境が乗って来た馬車に先に歩き出した。

シールズ辺境は小さくため息を付いた後、ザインの後に続き、馬車の外にいるメイドの一人にお茶を人数分持ってくるように指示をして馬車に乗り込んだ。

シールズ辺境伯が乗って来た馬車は、辺境伯が使用するのに十二分に豪華な六人乗りの箱馬車で、椅子も柔らかく、カインは屋敷のリビングにあるソファーよりも柔らかいのではないかと思いながら座った。座り順はシールズ辺境伯が奥に座り、対面にザインとルークが座る。カインはシールズ辺境伯の隣に座った。

四人が椅子に座ると、メイドがお茶を入れて馬車の真ん中に組み立てられた小さなテーブルの上に配膳していく。カインは用意されたテーブルを見ながら『キャンピングカーみたいだな』とか考えていた。

「ジョン？　そろそろ始めないかい？　ゆっくりしていると作業が終わってしまうよ？」

優雅にお茶を飲み、カップをテーブルに戻したザインがシールズ辺境伯へ話を始める様に切り出す。

「ザインよ、身内だけしかいないとは言え、言葉遣いが崩れすぎじゃぞ。ルークがびっくりして居る」

目線だけでザインの隣で少し目を見開きながらびっくりしているルークを示す。

「大丈夫。ルーク様もカイン様もそんな事気にされないでしょう？」

「いや、ザイン殿。私達は様づけでシールズ辺境伯を名前で呼ばれるのは……さすがに肩身が狭いです」

ルークが冷や汗をかきながら「思いっきり気にしている事」を伝える。

「困りましたね。ジョンに対して今更堅苦しい口調で話すのもストレスですしね……かといってカイン様のご尊父様に……うーん、困った」

ザインは本当に困ったかのように眉間のしわをほぐす。

「もうよいわ。ルークよ、この四人の時だけじゃ、気にするな。ザインもこの四人以外の時はきちんとせよ」

シールズ辺境伯がザインの言葉遣いに許可を出した。ザインは「はい、はい」と二つ返事をするのだった。

「さて、本題じゃが。先日、今までの事をザインと儂とウィリアムとで、陛下にご報告に上がったのじゃ。〝転移の杖〟については、ザインの所有物ゆえ、国として手出しはせぬとお言葉をいただいた。しかしじゃ、謁見の後に別室に呼ばれての……ふぅ。

陛下が〝転移の杖〟を使って国内を旅行してみたいと言われての……」

ルークとカインが絶句しながらシールズ辺境伯からされた話を反芻する。国の最高権力者が希望をされているのだから、部下であるルーク達は要望を叶えるために動かなければならない。「しかし……」とカインが考えていると。

「陛下がご希望されているのであれば、我々は従うしかありませんが、毎日山とある執務はどうされるのでしょうか?」

ルークが当然思い付く質問をシールズ辺境伯へぶつけた。

「当然、そう思うよの。なんと陛下は十分働いたから退位されると言われての……困った物じゃ」

シールズ辺境伯がこの日一番の爆弾を投下したのだった。

シールズ辺境伯が投下した爆弾発言により、馬車の中は気まずい空気が流れていた。ルークは何度か何かを言おうとしては、口を閉じるを繰り返し、ザインは声を出さずに小さく肩を震わせながら笑っていた。

「お祖父《じい》さま、あの……」

「まて、カイン。それ以上は口に出してはならん」

「は、はい」

カインが絞り出す様にコメントを出そうとすると、シールズ辺境伯からストップがかかる。

「それ以上は、カインを不敬罪で罰せねばならぬ。カインも貴族の末席に名を連ねているのじゃから腹で思っても口に出してはならん。良いか？」

シールズ辺境伯は最初は厳しい口調で説明をしていたが、カインが下を向き小さくなっているのを見て、最後は頭を撫でながら言った。

「ザインもそこで笑っていないでちゃんとフォローしないか。お主も一緒に聞いていたじゃろう？ルーク、カイン安心せよ。陛下はただ闇雲に旅行をしたいと言われているわけではない。我が国はそれなりに広い。王都の指示が我がシールズ辺境伯領や、他国との国境に接している貴族領に広まるまで時間を要する。

陛下としては以前からその辺を気にされていて、指示や情報がどの様に伝わるのかを確認したいとのご希望なのじゃ」

「それならば、わざわざ退位されてから行われなくても……」

ルークがシールズ辺境伯の説明に少し納得がいっていない様で追加で質問をする。

「それには正当な理由があった。王位についたまま視察に行き、視察先で何か事故でもあったら大変じゃ。それに比べ退位された後であれば、万が一があっても王位につかれているわけではないので国政に影響が少ないと言うのが陛下のお考えじゃ。

「……分かっておる。退位されてても影響は勿論ある。それでも退位されていれば影響は少ないのが一般的じゃな」

シールズ辺境伯の説明にルークとカインは「『確かに』」と考え頷いた。納得し始めている二人に対して、小さく笑いをこらえていたザインがついに声を上げて笑い出した。一度笑い始めてしまうと中々収まる物ではなく、しばらく笑い続けるザインを三人で見守った。

「あー、やっと収まった。皆さん、すみませんでした。決してフローラル王の発言に対してでは無いです。一緒に冒険をしていた頃の快活なフローラル王を思い出し、落ち着いたなと思う反面、あまり変わっていなかったと思ってしまいまして。本当に失礼いたしました」

笑ってしまっていた原因をザインは説明し、最後は居住まいを正して頭を下げて謝罪をした。

「儂としては、長年王都からほとんど出る事も無く、政務を努められていた陛下のご希望は出来る限りご協力したいと考えておる。しかし、儂には〝転移の杖〟の操作は出来ない。ザイン、カインなんとか協力して貰えないかの？」

「ふぅ、ジョン？　私は旧知の友人の希望であり、頼みだから出来る限り協力するよ。でも、私も世界樹の村の大使としての活動があるから、全部が全部叶えられないけどね。

それに、カイン様の方が負担が多いと思うよ」

ザインはシールズ辺境伯の要望に「出来る限り」と前置きをしてＯＫをした。

「お祖父《じい》さま、僕も協力します。ただ、ザインさんの様にずっとは……まだまだ、領民の皆さんに喜んで貰う為に色々やりたい事もありますし……」

「ありがとうの、カイン。その辺は儂がちゃんと陛下と話をするから任せて欲しい」

シールズ辺境伯は、カインの返答に目を細めながら喜ぶと再度頭を撫でるのであった。

話の結論が出た所で馬車の扉をノックする音が聞えてきた。シールズ辺境伯が「どうぞ」と返答をすると、「シールズ辺境伯様、サンローゼ子爵様、お待たせしました。準備が整いました」と伝えられた。

「準備が整った」と伝えられ、カイン達は馬車から降りる。シールズ辺境伯が用意した交易品は、無事にカインが持ってきたマジックバッグに収納できたようだ。ちょっとだけバルビッシュとシールズ辺境伯の文官達に疲労が浮かんでいたのが気になった。

「交易品の詰め替えは滞りなく終了しました」シールズ辺境伯の副騎士団長が報告をする。今回、副騎士団長がシールズ辺境伯の護衛に同行する。副騎士団長の報告に「うむ」と返答をし、シールズ辺境伯は今回世界樹の村に向かう一同を見回し頷く。

「ザイン、準備完了じゃ。頼んだ」

シールズ辺境伯はザインの方を振り向き依頼をする。ザインは「承知しました」と返答し〝転移の杖〟を取りだす。目を閉じて何かを探る様に首を傾げると、目を開き小声でカインを呼ぶ。

「カイン様、すみません今回移動する人数が多いので少々魔力が足りないです。魔力をチャージして貰えますでしょうか？」

ザインがカインを隠す様に立って〝転移の杖〟を差し出す。カインは頷き〝転移の杖〟を握ると魔力を〝転移の杖〟に流していく。十数秒ぐらいで魔力チャージを終えて終了を伝える。ザインが再度目を閉じてから開き、「ありがとうございます」と返答をしシールズ辺境伯の方に向き直る。

「それでは、これから移動しますのでしばらくじっとしていてください。初めての方は隣の方につかまるか、片膝をついていてください。良いですか？」

ザインは全員を再度確認し、小声で何かを呟く。数瞬後、今までも何度か味わった浮遊感が来て景色が変わった。

「カイン様、シールズ辺境伯、サンローゼ子爵、ようこそ世界樹の村へ」

世界樹の村の族長のダダナさんが優しい笑顔で出迎えてくれた。

❖❖❖

ダダナさん達とひと通りの挨拶をした後、二手に分かれて移動した。シールズ辺境伯とルークとザインさん達はダダナさんと族長の屋敷へ。カイン達は魔力チャージの為に世界樹の〝社〟に移動する。

魔道馬車に乗ってしばらくすると、見覚えのある場所が近づいてきた。

前回の時よりも世界樹の周辺がぼんやりと光っていた。カインは何度か目をパチパチして見たり、こすって見て確認をするが変わらず世界樹がぼんやりと光を纏っていた。魔道馬車の速度がゆっくりになり、止まりしばらくすると、魔道馬車の扉がノックされ、扉が開かれた。

「カイン様、お久しぶりです。またお会いできて光栄です」

魔道馬車の外にはマリア一位法司が笑顔で出迎えてくれた。カインは、「お久しぶりです、お元気でしたか？」と返答を返し魔道馬車を降りる。

マリア一位法司を先頭に、前回と同じ奥の祈祷部屋に案内される。前回と同じ部屋だが、やっぱり少し部屋全体がぼんやりと光っているせいか奇麗に見える。

「マリア一位法司様？　世界樹や部屋が光って見えるのですが？　気のせいですか？」

カインが祈祷部屋についての感想をマリア一位法司に質問をした。

「はい、前回カイン様に魔力を奉納頂いてから世界樹様もそうですが、この村全体に光が広がりました。周囲の瘴気も薄くなりブラックフェンリルの襲撃前に、いえそれ以上に世界樹様が元気になられていると感じています」

マリア一位法司は少しうっとりしながら祈禱部屋の壁を見て教えてくれた。

「そうですか、それは良かったです。皆さんが笑顔なのもそれが理由でしょうか？」

カインが道中感じた感想を付け加えて伝える。

「そうですね、魔物の襲撃が少なくなったので討伐隊の出撃が少なくなりましたし、気持ちに余裕が出てきたからだと思います。これも全てカイン様のご助力のおかげでございます」

マリア一位法司は片膝をついて深く頭を下げてお礼を述べた。

カインは『半分以上不可抗力なんだけど……』と思いながら、結果助かった方達がいたのならいいやと思い「ガーディア様の導きのおかげです」と笑顔で返答する。

マリア一位法司と歓談の後、ここに来た目的を果たすためにカインは、ザインが魔力を奉納する時に手を置いていた石版に近寄った。そしていつもの様に魔力循環を始めようとすると、祈祷室の壁が明滅する。何事かと周囲を見回していると石板の後ろにある壁に光が集まって行き、円になった。

「あ、あれは何でしょうか？　マリア一位法司様？」

カインは現れた光の円を指さして質問をする。

「何でしょうか？　初めて見ました。何かガーディア様からのメッセージかしら？」

マリア一位法司は首を傾げながら呟く。カインはそのしぐさを見ながら、この人が最高位で大丈夫かと思った。

「うーん、多分ですが、あの円を触りながら魔力を奉納をするべきなのでしょうね……」

光る円に近づき魔力循環を始め、限界まで魔力を溜めて壁に手を突く。両手の手のひらから魔力が自然に吸い出されていった。循環した魔力がすべて放出されると、祈禱室が一瞬強く光り最初の明るさに戻った。

「ふぅ、多くの魔力を放出するのがスムーズになったなぁ。これも怪我の功名かな……、あ、終わりました。もっと奉納が必要でしょうか？　前回より少し多目だったと思いますが？」

壁から手をゆっくり離し、マリア一位法司に向きながら確認する。

「いえ……十分でございます。毎回こんなに奉納をしていただけるのでしょうか？」

「そうですね、このくらいなら負担も少ないですから大丈夫ですよ」

カインが快諾すると、マリア一位法司はカインの目の前で片膝を付き頭を下げて「ありがとうございます、ありがとうございます」と繰り返すのだった。

なかなか立ち上がらないマリア一位法司を、バルビッシュとサーシャが立ち上がらせて落ち着かせた。感謝をしてもらうのは悪い気はしないが、魔力を奉納する代わりに魔道具を格安で分けて貰うのであまり感謝されすぎるのも居心地が悪いと感じ、そそくさと世界樹の〝社《やしろ》〟を後にした。

❖❖❖

「はぁー、此処は本当に色々な魔道具があって見ごたえがあるなぁー」

カインは前回魔道具を販売してくれた、トータスの魔道具店に来ていた。

「坊ちゃん、そう言って貰うのは嬉しいが、ここにある物はほぼ売れないぜ？　買えない物を見てもつまらないのじゃないか？」

店長のトータスが、店内に並んでいる魔道具を見てはしゃいでいるカインを見て確認をする。

「つまらなくないです！　ハイスペックの物を見て、購入出来る物で必要な機能を厳選できますから！」

カインが熱を込めて返答すると、トータスは「そ、そうか。楽しんでいるのならいいけどな」とカインから外れ、カウンターに戻って行った。

その後もカインは、並べられている気になった魔道具を一つ一つ手に取って、解析の眼鏡を掛けて性能や機能を確認していった。

「カイン様?、今回はどの様な魔道具を探されているのですか?」

サーシャが熱心に魔道具を探しているカインに質問をする。

「今回は、石鹸を作るのに便利な魔道具と暖房の魔道具かな？　今度公衆浴場を開店するじゃない？　せっかくお風呂に入るのだからさっぱりして貰いたいじゃない？　暖房の魔道具は酷寒に向けての検討の為かな」

サーシャの質問にカインは探している魔道具について説明をした。

「石鹸ですか？　そう言えば……私もどの様に作られているのか考えもしませんでした。確かにサンローゼ領の石鹸は、ここの石鹸に比べると質が良くないと……」

最後の方は小声になりながらサーシャが呟く。

「事実だから気にしなくてもいいよ。今回石鹸の魔道具を探している理由の一つだし。前回泊まった時に使用した石鹸の泡立ちがとても良かったから、戻ってから調べてみたんだ。サンローゼ領での石鹸は獣脂を使ったものが多いらしく泡立ちが悪いみたいなんだ。石鹸を乳化させるときに使っている物も違うみたいだし……」

「乳化？　何ですそれ？」

「えっ、な、なんだろうね。僕も言葉だけで意味がわからないんだ。だから何か魔道具みたいな物があるんじゃないかと思ってね」

カインが慌てて誤魔化すと、サーシャは「へぇー、そうなんですね」とよく理解出来なかった様でそれ以上の追及は無かった。カインは『危ない、危ない』と隠れて冷や汗を拭いた。

「トータスさん、此処には石鹸を作る魔道具はないですか？」

サーシャが探すのが大変だと思ったのか、直接トータスに石鹸の魔道具が無いかを質問する。

「せっけん？　ああ、石鹸か。あれは、錬金術師の領分だぞ。だから家には無いな。欲しければ知り合いを紹介するがどうする？」

トータスの回答にカインとサーシャは声を揃えて「「お願いします」」と返答するのだった。

「石鹸の他はだんぼうき？　だったか？　それは、どんな道具なんだ？」

トータスがカインに聞きなれない道具の事について質問する。

「暖房機は、簡単に言うと暖炉みたいに部屋の中を温める道具ですかね？」

「ああ、温暖の魔道具の事か、それならこれが最新の魔道具だ」

トータスはカウンターの後ろの戸棚の扉を開き、透明な球状の物を取り出し、カインに見せる。

「これは何ですか？　特に何も入っていないようですが？」

目の前に出されたガラスで出来たように透明な球状の物体をまじまじと見ながら確認をする。

「ちょっと離れてくれ」とトータスはカインに伝え、カインが二歩程下がるのを確認してから、先程よりも少し高く球状の魔道具を持ち上げ、「【ヒート】」と唱えると魔道具がふわりと浮かび上がり、天井近くまで登って行った。

そして、球状の中に炎が灯り、ゆらゆらと燃え始めると段々と温かくなってきた。「「おおっ」」とカインを始め、温暖の魔道具を見たバルディッシュとガーディ、ララは熱を発しながら浮かんでいる魔道具にびっくりするのだった。

「この最新型の温暖の魔道具は、照明にも使えて部屋を暖める一挙両得の魔道具なんだ。この炎の揺らめきにとても人気があって、入荷のそばから売れてしまうくらい、前の冬の時期は大人気だったんだぞ」

トータスがとても楽しそうに温暖の魔道具について説明をしてくれた。

「さすが、最先端の世界樹の村の魔道具ですね。とっても魅力的な魔道具ですが、どう逆立ちしても僕達には販売してくれないんですよね？」

トータスが温暖の魔道具を片付けるのを残念そうに見ながらカインが呟く。

「すまんな。これぱっかりは村の掟だからな……それに、このような季節で使用する魔道具は使えなくなるまで使用するから中々中古品が出回らないだよな。

えっと……カイン様は温暖の魔道具の様な部屋を暖める魔道具が欲しいんだよな？　もし、条件を呑んでもらえるなら、作成方法も込みで譲っても良い温暖の魔道具があるんだが見てみるか？」

トータスが少し考えるような仕草をしてからカインに一つの提案をする。カインも少し考えてから「現物と条件を聞いてからで良ければ」と返答をした。

「ちょっと倉庫に行ってくる」と言い残しトータスが店の裏に行って十数分後、一抱えもある大きな盾の様な物を持って帰って来た。それをゆっくりと傷を付けない様に慎重に床に下ろし「これだ」とトータスが持ってきた温暖の魔道具を見せる。

「これは、俺の親父が作成した温暖の魔道具で、当時流行っていた【魔法陣】を使用しているが必要魔力が少ない画期的な魔道具だったんだが……。

この魔道具を発売してしばらくすると、もっと小型で必要魔力の少ない温暖の魔道具がライバル店から発売されて、売れ残ってしまってずっと倉庫にしまわれていたんだ。

保管状態は保存箱にしまっていたから問題ないはずだし、ちょっと大きいが性能は保証する。このまま誰にも使われずにいるより良いと思ってな。それにカイン様だったらこれからもっと新しい物を作り出してくれそうだしな」

トータスはニカッとカインに向かって笑った。

「そんな大事な物をいいのですか？　それに製法までも？」

「大事な物といても元々は売り物だし、製法と言ってもさっきの最新式の温暖の魔道具と比べたら遺物も良い所だしな。カイン様が役に立ててくれれば親父も喜ぶよ」

「とても良いお父様だったのですね。元気出してくださいね」

カインが少し俯き加減で返答する。

「うん？　何か勘違いしてないか？　親父は生きているぞ？　つい十年前に魔道具の素材である双頭鳥を狩ってくると言って、まだ帰って来ては無いけどな」

カインが目を見開いてびっくりしているのを手で口を押えて笑いながら言う。カインは「全く、長命種は……同情して損した」とブツブツ呟くのだった。

トータスとお約束の様な掛け合いをしている最中、カインは湧き上がってくる感情を押さえるのに必死だった。

『や、やばい。【魔法陣】を使った魔道具だって！、ぜったいに、絶対に手に入れる。それに製作方法もついてくるなんて！　いいや、とりあえず落ち着くんだここで感情を出したら足元を見られる。冷静に、いいか冷静に対応だっ！』

カインが落ち込むふりをしながら下を向いて感情を抑え込んでいると、トータスが心配になったのか声を変えてくる。

「あー、その、すまんなカイン様。もう五〇年も外に出ていないから人族との掛け合いが面白くてな」

トータスは、カインが先ほどの掛け合いで馬鹿にされたと感じて落ち込んでいるのだろうと考えていた。それでもカインはしばらく肩を震わせながら下を向いたままだった。

バルビッシュ達が心配をし始めて声を掛けようしたタイミングでカインがガバッと顔をあげにっこり笑う。

「トータスさん、それではこのお父様が作られた温暖の魔道具はいくらでお譲りいただけるのでしょうか？」

「おっ、おお。う、うん、そうだな。人族の貨幣で一〇個で金貨一〇〇枚でどうだ？」

「ええっ!!　金貨ひゃくまい……？」

「い、いや。間違った、金貨七十五枚でどうすか？」

カインのリアクションにトータスは反射的に値下げをする。そしてトータスの値下げの値段を聞いて固まっているカインを不安そうに見つめる。

『おいおいおいおい、金貨一〇〇枚でも安いのに、いきなり値下げされたっ！　ありえないでしょ。この前購入した魔道具は魔力切れのジャンク品で一個金貨一〇枚だったのに。この温暖の魔道具は動くんだよ！』

カインが思考を加速させてからぐるぐると思考の深みにはまりそうになる。

「分かった、親父が愛読していた【魔法陣作成】の教本も付けて金貨六〇枚！　もう、これ以上は無理だ、親父に殺されてしまう」

「は、はい。購入させて頂きます」

トータスの再度の値下げとおまけが追加された提案に食い気味に購入の返事をした。トータスもカインも肩で息をしながら良い笑顔で握手を交わした。

❖❖❖

トータスが倉庫から一〇台の温暖の魔道具を運んで並べている。カインとバルビッシュとサーシャで念のために魔道具に破損などが無いかを確認した。一時間位かけて一〇台の魔道具の確認をし、料金を支払った。

「カイン様、これが制作方法と魔法陣作成の教本だ。保存の魔法もかかっているが、大事に使ってくれる事を願う」

トータスが感慨深く二冊の本を見つめてカインに差し出す。

「ありがとうございます、大事に、大事にしますね……そうだ、条件を聞き忘れちゃった。条件ってなんですか？」

受け取った二冊の本を大事に腕に抱え目を閉じて浸っていると、急に〝条件〟について思い出した。

「ああっ、俺も忘れてた。俺も俺だけどカイン様は貴族だろ？　条件を確認する前に契約を、支払いをしては駄目だぁ」

トータスも自分で言っていた〝条件〟について本当に忘れたようで、頬を掻いて誤魔化しつつ、カインに契約について注意をする。それを聞いてカインは本当に良いひとだと思い、よほど理不尽な要求じゃない限り要求を呑もうと思った。

「今後は気を付けます。それで〝条件〟とはなんでしょうか？」

「カイン様にはそんなに大変じゃないと思うんだが、家にある魔道具に魔力をチャージして欲しいんだ。都合の良いお願いだと分かっているんだが、古い魔道具が魔力切れで動かなくなっているのを見ると無性に寂しくてな。世界樹の村に来る度に一個でいいんだ。お願いできないだろうか？」

トータスは、ほぼ九〇度に頭を下げて懇願した。

「そんな、頭を上げてください。そのくらいであればなんでも無いです。魔力をチャージして使う事が出来るようになった魔道具をいくつか譲って貰える機会を頂ければいいですから」

「ふ、ははははぁ。やっぱりカイン様はいいね。言われたことをすぐ実行に移すその行動力。もちろんきっちりと支払って貰えればこっちは商売だから売るぜ」

トータスは何が嬉しかったのかとても良い笑顔でカインの提案を快諾した。

族長の屋敷の会議室でシールズ辺境伯、サンローゼ子爵、ダダナ族長そしてザインが向かい合わせに座り、心地の良いソファに座り神妙な表情で黙っている。その中で我関せずとザインが配膳されているお茶を飲み、お茶菓子を食べている。

「ふぅ、まあ良いでしょう。数量は限定させて頂きますが、交易の品目に加えさせて頂きます。ただしゼネレーション3までの物です。最新の物と比べて消費魔力が多いが、人族が使う分には一番使い勝手が良いかと」

ダダナがずれた丸眼鏡を人差し指であげてからシールズ辺境伯とサンローゼ子爵を見て、マジックバックの販売を承諾した。

「数量は年に三つ……いや、四つが妥当だな。カイン様が訪問頂く度に一つづつ交易品に加える。それでそちらもご了承いただけますかな？」

「うむ、年に四つ。それもカインが魔力を奉納する度にとは……なかなか商売上手じゃの。だが、全くのゼロでは無いのでこちらはそれを承諾するしかないと……良いじゃろう、これ以上こちらも条件を良くする手札を持っておらぬしの」

シールズ辺境伯は小さくうなずいてから、右手を差し出す。ダダナ族長も同じく右手を出し、握手を交わした。

その横でサンローゼ子爵は気づかれないように肩を撫で下ろした。

「交渉は終わりました？　まったく毎回こんな腹の探り合いに私は参加したくないのですが？　それよりもカイン様の観察をする時間を……。おっと忘れてください」

ザインがとても冷静に三人にクレームをつけ、最後に自身の本心を漏らした。

「「まったくお前（お主）という者は」」　シールズ辺境伯とダダナ族長の声が重なり、二人は互いに顔を見る。少し沈黙があった後、ダダナ族長が話を続けた。

「ザイン、お前はこの世界樹の村の大使なのだぞ！　もっと我らの益になるように動かぬか！」

「カイン様との縁を結んだ以上の益など無いでしょうに？　まあ、カイン様との交流は楽しいので無理ない程度に努めますよ」

ザインは少し面倒くさそうな表情を見せた後、カインの為に頑張ると宣言するのだった。

その後も今後の交易についていくつかの取り交わしをして魔法契約書にて取り決めた契約に合意のサインをした。基本的に金銭での支払いはせずに、交易品同士の交換で行う。理由は使用している金銭の価値が異なるし、拠点の場所が離れすぎていて、支払われた硬貨を使用できないからである。

「そうそう、今回もこちらをどうぞ」

ダダナ族長が契約書にサインをした後、メイドに指示し二つの箱を持ってこさせた。箱の中にはソフトボール大の桃が一つづつ大事に入っていた。

「ご存知かと思いますが、これが〝セントウ〟です。世界樹様より賜りますが、我らエルフには回復薬の効果を少し上げるのに使用するだけなので。それに〝セントウ〟は世界樹様に十二分に魔力が奉納出来て初めて賜るので、カイン様のおかげなのです。

ですので、今後も〝セントウ〟を賜りましたら、すべてそちらにお渡しします。認識されていると思いますが、人族にはとても魅力的な効果をもたらすのでお気をつけて」

ダダナ族長は、今後の〝セントウ〟の扱いを提案した後、少し目を細めて不敵な笑みで言った。

シールズ辺境伯は何とか冷静を保ちながら「確かに」と返答をして出された〝セントウ〟を受け取り、アイシャ達から聞いていた内容と同じ説明をされるのを大人しく聞いた。〝セントウ〟の入っている箱は保存箱の魔道具で、これだけは数が少ないのもあり貸出になった。

シールズ辺境伯達が引きつった顔で〃セントウ〃を見つめているのを小さくクックッと笑いながらザインは見ていた。

カイン達はトータスの魔道具屋を後にし、魔道馬車に乗ってダダナ族長の屋敷に移動した。ダダナ族長のツリーハウスは他のツリーハウスよりひと際大きく高い。元となっている木の樹齢が古いためかとてもおもむきのある外観をしている。魔道馬車が玄関前に着きカイン達が魔道馬車から降りると、サリナさんが出迎えてくれた。

「カイン様。ようこそお越しくださいました、心より歓迎いたします」

「お出迎えありがとうございます」

ザインの母であるサリナがカイン達に歓迎の挨拶をする。カインもにっこりと笑いながら感謝を伝えた。

「到着後すぐに世界樹様の〃社《やしろ》〃に足をお運び頂き、本当にありがとうございます。また、沢山の魔力を奉納頂いた様で……ご覧ください、世界樹様もお喜びです」

サリナは魔力の奉納について感謝を述べ、頭上を指し示した。サリナの指した方を見ると世界樹の葉が茂っている、ある一部からキラキラと光が降って来ていた。

「あの光は世界樹様が我々にお恵みを与えてくださるサインなのです。数日後には世界樹の葉があの部分よりひらひらと落ちてくる事でしょう」

サリナが落ちて来る光をうっとりとした表情で見つめている。「それは重畳ですね」とカインは返答し、同じく光を見ていたがしばらく経ってもサリナから次の言葉が出てこない。カインはゆったりされるのが好きなのだろうと思い、何も言わず待っていた。

大分時間が経ちバルビッシュ達からも「あれ?」と疑問の念を感じ始めた頃、いつの間にか近づいてきていた執事服のエルフさんが「奥様、奥様、お客様がお待ちです」と少し肩を揺らしながら声を掛けると、サリナさんは「えっ? あ、ああっ」と思い出したようにカイン達を見て顔を赤らめて下を向いた。

「し、失礼いたしました。さぁ、中へどうぞ。すぐにお昼食の準備が出来ますので食堂へご案内いたしますね」

サリナさんは必死で先ほどの事を無かったことにする為にカイン達を手際よく食堂に案内した。案内された食堂は前回と同じ食堂で案内された席も同じだった。カイン達が席に着くと食前の良く冷えた果実水が配膳された。

カインは果実水をコクコクと一気に飲み干す。自分でも知らず知らずに喉が渇いていたようだ。近くにいたメイドがカインのコップに再度果実水を灌ぐ。また、カインはカップに口をつけ一気に飲み干した。どうやら微熱がある様だと思いつつ三杯目を頼もうとした時に、ダダナ族長とシールズ辺境伯とルークが食堂に入って来た。

「カイン様、お待たせしました。うん? カイン様……いえ、何でもございません。お腹がおすきになられましたでしょう。直ぐに料理を持って来させますね」

ダダナはカインを見て少しけげんな表情をしたがすぐに話題を変え、メイド達に昼食を運ぶように指示を出す。

「カイン、どうした？　少し疲れたか？　顔が赤いようだが？」

ルークがカインの隣の席に座りカインに質問をする。そして額に大きな手を当てた。

「ルーク父さま、手が冷たくて気持ちがいいです」

「ふむ、少し熱がある様だな？　食欲はあるか？　それとも休ませてもらうか？」

「大丈夫です、新しい発見があったので少しワクワクしているだけなので、それにお腹がペコペコです」

カインの回答にルークは「そうか」と答え頭を撫でた。そんなやり取りをしていると、食堂の扉が開きメイド達が食事を運んでくる。昼食は一度に出てくるスタイルらしくサラダ、スープ、肉料理そしてパンが配膳された。

「お待たせいたしました、どうぞお召し上がりください。歓迎の席は夕食に用意しているのでまずは、挨拶はその時で」

ダダナが全員に配膳されたのを確認し食事の開始の挨拶をした。カインはこっそりと手を合わせ『いただきます』と言って食べ始める。

サラダはシャキシャキとした食感が残る温野菜でとても甘く、あっという間になくなった。スープは野菜から出汁？　を取ったのか、とても優しい味で身体に染み渡る美味しさだった。そして今回の料理で一番びっくりしたのが、肉料理だった。

見た目は少し厚切りのステーキだったが、使用されている香辛料にカインはびっくりした。

「ダダナさん、この肉料理に使われている……」

「はい、本日はマッドバッファローのステーキになります。脂身は少ないですが、肉の旨味がよく分かると思いますがいかがですか？」

「は、はい。お肉もとても美味しいのですが、この粒粒の物は？」

「それは、クルミンですね。ちょっと癖のある魔物の肉を調理する時に使用すると、臭みが消えて旨味が倍増するのです。お口に合って良かったです」

ダダナはニコニコ顔でステーキの解説をする。シールズ辺境伯とルークも「「おおっ」」と言いながら夢中でナイフで切り分けてステーキを食べていた。

『これは、もしかして〝クミン〟じゃないのか!!』

カインは努めて冷静に笑顔でステーキを口に運ぶのだった。

昼食を終えたカイン達は食後のデザートとお茶を楽しんでいた。今日のデザートは地球時代のミニトマト位の大きさの梨だった。酸味が少し感じた後、甘みが口いっぱいに広がるこの幸せをカインは口の中全体で味わっていた。

「カイン様、ララフェの実はいかがですか？」

サリナが口いっぱいに頬張っているカインに質問をする。

「ばい、……シャク、シャク、ごっくん。はい、とても甘くて美味しいです。酸味が少しあるので後から感じる甘みを深く感じるのかと思います」

サリナに質問されたカインは倍速で咀嚼しララフェの実を飲み込んで、とても美味しいと伝えた。

「それは、良かったです。お気に召された様なのでお土産としてご用意させて頂きますね」

「ありがとうございます！　お祖母《ばあ》さまとリディア母さまに良きお土産になります」

カインはこれでもかという笑顔でお礼を言う。サリナは「まあ」と小さく呟き少し顔を赤らめながら「どういたしまして」と返答した。

「サリナ様？　お顔が少し赤いようですが、体調がすぐれないのであれば無理はされない方が……」

昼食中から心なしか様子が変なサリナを気遣い、カインが心配そうに声を掛ける。

「だ、大丈夫ですわ。お気遣いありがとうございます」

サリナは目を少し大きく開けて、問題無いと答えた。カインは「そうですか、僕の勘違いで申し訳ありません」と謝罪し、ダダナに話題を振る。

「ダダナさん、先程のマッドバッファローのステーキに使われていた〝クルミン〟なのですが、あのような香り高い木の実を初めて食べました。〝クルミン〟は世界樹の村で栽培されているのですか？」

カインは今回も努めて冷静に、外側からゆっくりと近付く様にダダナに質問をする。カイン自身は冷静に質問が出来ていると思っているが、いつも一緒にいるバルビッシュ達にはカインが何かを悟られない様に取り繕っている様に見えていた。

「はい、世界樹の村で栽培しています。〝クルミン〟はとても収穫高の多い作物ですので交易品に加えましょうか？」

「はい、是非。サンローゼ領でも多くの魔物肉を食べるので〝クルミン〟を付けて食べたらとても美味しくなるだろうと思いまして。今から楽しみで仕方ありません」

入手できると分かったカインは興奮を抑えるのを忘れ、前のめりにダダナに感謝を述べた。

『やったー。あと二種類、二種類見つければ念願のあれが食べられる。クミンがあったんだから探せば絶対あるはず！』

机の下でガッツポーズを取りながら、カインはまだ見ぬあの料理を思い、一人で盛り上がっていた。

カインが一人で興奮している間にお茶の時間も終わり、本日滞在するツリーハウスに移動した。まだ文官達は交易の品物の確認や交渉をしているようだが、魔力奉納が原因か、ちょっと熱があるカインは夕食まで休ませてもらう事になった。

❖❖❖

「カイン様、大丈夫ですか？　寒気や頭痛はありますか？　……少しお熱がある様ですが？」

ララに手伝って貰いカインは寝間着に着替えた。大丈夫と言いかけた時にララの顔が近づき、おでことおでこをくっつけて熱を測られた。

「ち、近いよ。ララ？」

「当然じゃないですか？　お熱があるか診ているのですから、少しそのままで我慢ください」

両手でカインの頬を固定し、再度おでこをララが近づけてくる。本来ならおでこを支点に互いの頭がハの字の様になるはずなのだが、カインが逃げる為に頭を引いているせいか鼻がくっつきそうに、いやくっついていた。

「ちょっと、ララ！　くっつきすぎでしょう!!!!!!　直ぐにカイン様から離れなさいっ！」

サーシャが二人の間に腕を押し入れ、開きながら二人を離す。そしておもむろにカインを見つめると先ほどのララの様にカインのおでこに自分のおでこをくっつけた。

「サ、サーシャ？　そんなに何度も測らなくても大丈夫だからね」

カインがいつものサーシャからは考えられない行動にプチパニックを起こしていた。カインが慌てれば慌てる程、サーシャの顔が近づいてくる。

「あなたこそ、カイン様から離れなさいっ」

少しあやしい目つきのサーシャをカインからララが引き離した。

カインから引きはがされたサーシャだったが、直ぐにカインに腕を絡めてくっついた。

「あなたこそ、カイン様から離れなさい。カイン様が迷惑しているでしょう」

サーシャが何やら訳の分からない事を言い始め、ララにカインから離れる様に言った。カインはいつもと様子が異なるサーシャとララを交互に見ながら、先ほどより上がった熱で少しぼーっとし始めた頭で対処方法を考える。

扉をノックする音がし、側にいたバルビッシュが扉を開けるとそこにはザインが立っていた。そしてカイン達の様子を見て「失礼します」と言いカインの方に近づいてきた。一瞬ララとサーシャが警戒するがザインがにっこり笑い警戒を解く。

「やはり思っていた通りでしたね。カイン様、少し失礼しますね」

ザインはそう言うとサーシャにつかまれていない側の腕を取り、淡い青色の腕輪をはめた。はめられた腕輪が淡く光ると、カインは魔力が吸われていく感覚を感じた。それに伴い熱が引いて行き、意識がはっきりする。

「えっ!? あ、あれ？ キャー、いつまで手を握っているのっ！」

サーシャが突然カインから飛び離れ、自分とカインを交互に見て少しパニックになっている。その様子をザインは少し呆れた表情をしながら小さくため息を付く。

「サーシャ……あなたはカイン様の護衛なのですよ。修行不足も大概にしなさい。まあ、カイン様から漏れていた魔力の量が多かったので仕方がない所ではありますが……それにしてもです」

ザインがサーシャを叱責すると、サーシャは一瞬何かを言いかけたが、長い耳を端まで赤くして下を向いた。

「あの、ザインさん？ 僕はどうなってしまっていたんでしょうか？ それにサーシャも？」

カインがザインに静かに質問をした。カインの問いに対して少し考えると、ザインはゆっくりと説明し始めた。

「実は本日カイン様が世界樹様に魔力を奉納頂いた後、カイン様から漏れていた魔力の量が増えました。理由は私には分かりませんが、明らかに漏れ出ている魔力の量が異なりました。……それにより我が一族、エルフの女性達は魔力酔いを起こしていたのです。エルフは魔力量が多く、大量の魔力を受けると魅了されてしまいます。魅了と言っても通常は少し好感度が上がる位なのですが、カイン様から漏れ出ている魔力は普通よりも濃いのです。この表現が正しいかはちょっと疑問ですがね。その濃い魔力の漏れる量が増えたのでサーシャの様に年若いエルフの女性が一時的に魅了状態になっていました」

ザインはもう一度小さなため息を付いた後、話を続ける。

「私もダダナとサリナから言われるまで認識でなかったので恥ずかしい限りですが……先ほど腕に付けさせていただいたのは、魔力を吸収するブレスレットです。魔力を吸収と言っても漏れ出ている物だけなのでカイン様の魔力を無断で吸い続けるのではありません」

「はぁー、そんな事に。サーシャ、ごめんなさい。無意識とは言え魅了だなんて……」

サーシャに対してカインはとても申し訳ないと頭を下げた。

「そんな、やめて。もっと惨めになるでしょう。私も忘れるから、カイン様も忘れて。お願い……」

サーシャはカインの謝罪に対してとても恥ずかしそうにもじもじしながら答え、最後はかすれる様に願った。

「サーシャ、カイン様は私の物ですからあなた達エルフの女性には渡しませんからね」

その後も二人でもじもじしていたが、ララがカインを後ろから抱きしめサーシャに向かって少し不貞腐れた様に言うと、サーシャもカインもびっくりした表情でララを見つめた。

その様子を見ていたバルビッシュとガーディが突然笑いだす。それにつられザインとララも笑い出すとカインとサーシャ以外全員が笑っていた。それで漸く二人もからかわれた事に気付き、一緒に笑い始めたのだった。

ザインに借りた〝吸魔の腕輪〟の効果により体に溜まっていた熱が吸収され、体調が良くなったカインは晩餐会用の服に着替え、客間に移動する。

「おおっ、カイン、体調はいいのか？　顔の赤みが引いているから熱は無さそうだな？」

ルークが、メイドに案内され客間に入って来たカインを見つけ声を掛けた。その後カインを側に呼び、おでこに手を当てて熱を確認する。大きく少し冷たいルークの手を心地よく感じながら「もう大丈夫です」とカインは答えた。

その後ダダナがサリナと一緒に入ってきた後、シールズ辺境伯が部屋に入って来た。カインが「ご心配をおかけしました」とシールズ辺境伯に言うとシールズ辺境伯は
「うむ、回復して良かった。カインはまだ成人前なのだからあまり無理はしない様にな」

と頭をなでながら心配してくれる。カインもにっこりと笑顔で「ありがとうございます」と答えた。

しばらくすると食堂の用意が整ったとエルフの執事が入ってきてダダナに声を掛ける。その後「皆さま、お待たせしました」とカイン達を食堂に案内した。

食堂には人族達の文官、護衛兵士、エルフの文官、護衛兵士がすでに席についてカイン達を待っていた。メイド達の案内に従い、席に着いてしばらくするとダダナがワインの入ったゴブレットを持ち、食前の挨拶を始めた。

「カイン様、シールズ辺境伯、サンローゼ子爵、この度は再度のご来訪、誠に感謝いたします。先程文官達に互いに利のある交易が出来そうだと報告を貰いました、詳細は明日にでも共有いたしましょう。本日はささやかですが歓迎の宴をご用意いたしましたので楽しんで頂ければと思います。では、乾杯」

「「乾杯」」とダダナの挨拶に続き、出席者がゴブレットを持ち上げた。カインはまだ未成年の為、ワ

インではなくぶどうジュースだったがとても甘くて美味しかった。

今回の歓迎の宴は人数が多い為か、大皿に盛られた料理がテーブルに次々と運ばれ、食べたいものをメイド達にお願いして採って貰う形式の晩餐会だった。茹で野菜のサラダ、トマトベースのスープ、塩味ベースの卵スープ、二種類の肉料理、数種類のチーズ？　数種類のパンがテーブルに用意されていた。どれもとても美味しく、カインはついつい食べ過ぎてしまった。

前回も感じたが世界樹の村の料理は、サンローゼ領でいつも食べている料理より香辛料が使われてると感じた。シールズ辺境伯は「少し味が強いか」と呟きながらもりもり食べている。ルークは「旨い、旨い」とモリモリ食べていた。カインの隣では久々の故郷の味をうっとりしながらサーシャが食べており、カインはサンローゼ領でも同じ味を食べさせたいなと思うのだった。

晩餐会はつつがなく終了し、カイン側の参加者はお代わりをする程沢山食べ、とても満足した表情をしていた。食後は文官達は先に退出し、ダダナ、シールズ辺境伯、ルークそしてカインが談話室に移動し、大人組は少し強いお酒を、カインはお茶を頂きながらたわいのない話をしていた。

「ダダナ殿は、酷寒という物をご存知か？」

シールズ辺境伯が会話が途切れた所で質問をした。

「もちろん、八〇年周期にある神々からの試練ですね。次回は四年後に来ますね、それが……？」

「やはり、本当だったんじゃな……。神々からの試練という所詳しく教えてもらう事は可能じゃろうか？」

「良いですよ。しかし相変わらず人族は……いえ、失礼。酷寒は八〇年周期に訪れる冷間期で一度始まると約三年は冬と同じ気候が一年中続きます。日の照る時間も短く作物もあまり育ちません。多くの植物は冬眠状態に入り、酷寒の期間を乗り越えます。ただし、魔物を含め動物達は弱い者から死んでいきます。

我らエルフも最近になり、漸く十分な対応が出来る様になりました、神々からの試練とは本当に厳しい物です」

大きくため息を付きながらダダナは酷寒について説明をした。

「エルフ族が行っている対応を我らにも教えてもらう事は可能じゃろうか？　文献などが無く、酷寒というものがあるのも最近知ったしだいでな」

「……まったく……人族は懲りないですね。〝嵐過ぎ去りて風の恐怖を忘れる〟とはこの事ですね」

「ダダナさん、〝嵐すぎされて……〟とはどの様な意味ですか？」

カインがダダナが呟いた言葉の意味が分からず質問をした。

「……カイン様からのご質問なのでお答えします。嵐の時には強風に恐れおののくのですが、嵐が去ったあとはその恐怖を忘れる……二度同じ過ちを繰り返すというエルフのことわざです。

シールズ辺境伯が酷寒の事をご存じないという事は、人族では酷寒に対して記録も何も残していないという事です。我々としては呆れるばかりです」

ダダナが目を瞑り肩をすくめた。

ダダナはカインの為と前置きをして過去の酷寒について語りだした。ブラックフェンリルの被害がある前には何度となく人族の集落や国に歴史を語り、対策方法を教えたり、援助もしたそうだ。しかし、援助をした人族の国はその時は感謝をし、次世代に語り継ぐと言うがほとんどの人族の国では語り継ぐ事をせず、酷寒になってから援助を願ってくるそうだ。

世界樹の村でもブラックフェンリルの被害があってからは、人族達への援助も出来なくなって、ここ最近は援助要請があっても断って来たそうだ。その内に人族との交流も減って来たので次回の酷寒の時もここ最近と同じ対応をするとの事だった。

「そんな、それでは我ら人族は滅びればいいと思われているのか？」

ルークがダダナの説明を聞いて呟いた。

「滅べば良いとは思っていませんが、人族はその繁殖力で二度の酷寒を乗り越えていますから、簡単には滅ぶことは無いと言うのが我らの見解だ」

「……それでも対応が出来ない民たちは……」

「それは、我らも同じ事。そもそも酷寒は〝神々からの試練〟であるのでそう簡単にはいかぬものですよ」

ルークの呟きに、対策をしているエルフ族でも酷寒で命を落とすエルフがいる事を吐露し、酷寒がただの自然現象では無いとダダナは最後に結んだ。

「……それでも、世界樹の村では多くのエルフ族を守る方策があるのじゃろ？」

それまで黙って聞いていたシールズ辺境伯が指摘をする。

「もちろんです。人族より長い寿命を持つ我らは、過去の失敗や過ちを二度と繰り返さない様に色々な対策を行っている。酷寒への対処も長い年月を掛けて漸く世界樹の村全体を救えるようになったばかりだ。興味があれば説明するが、同じ事は出来んぞ？」

「それでも何か少しでも取り入れられる事があれば、私は取り入れたい。我らが領民、国民の為にも」

ルークがほんの少しの事でもヒントを得たいと進言をした。

「……まあ、良いでしょう。我らが開発した方法は、世界樹の村を壁の様に囲んでいる結界の高さを伸ばしていき、泡の様に世界樹の村を覆って、温められた空気を外に出さずに酷寒の中でも春ぐらいの暖かさに保つ方法だ。我らはこれを〝バルーン〟と名付けた」

ダダナの説明を聞いてカインは、ビニールハウスみたいな物かなとイメージをした。

「「そんな、魔法装置では」」シールズ辺境伯とルークが同時に呟き俯く、ダダナは「ですから無理だと」と二人に向けて言葉を掛ける。

「しかし、人族の国は広い。フローラ国に冬でもそこまで寒くならない土地はないのですか？　あれば後三年あるので何かしら対応が出来るのではないですか？」

今迄黙っていたザインが沈み込んでいる二人に向けてアイディアを言った。

「「うーむ（ん）」」シールズ辺境伯とルークは難しい表情をしながら考え込み、

「国の緊急事態じゃ、儂から陛下に進言してみる。シールズ辺境伯領もサンローゼ領も雪はそんなに降らないが作物が育つ程の気温では無いからの。カインが進めている食料の増産を行うしかないじゃろう」

シールズ辺境伯はそう言ってカインの方を見た。

「シールズ辺境伯、カインにばかり重荷を背負わせるのはやめませんか。もっと我々大人が知恵を絞ってからカインの力を借りませんか。これでは先日ダダナ殿達を責めた自分が許せそうにありませんん……」

ルークはシールズ辺境伯に心の内を伝えた。それを聞いたシールズ辺境伯も「そうじゃな、すまんな」と呟いた。

その夜は時間も遅くなっていたので重苦しい空気のまま、それぞれの部屋に戻ることにした。カインは自室に戻りながら地球時代の知識でどうにか対応が出来る物が無いか考えながら戻った。

色々な事があった一日だった為か、カインはベッドに入ると直ぐに眠りについた。しばらくしてカインの名前を呼ぶ声が聞えて、眠い目をこすりながら目を覚ます。

「カイン？　カイン？　そろそろ起きてくださいな」

「んんん、はい。今起きます」

聞き覚えのある女性の声に答えながらカインは目を覚まし、辺りを見まわした。部屋が淡い光を発光し少しぼんやりとしていた。ベッドの横の椅子に腰かけてカインを見つめている女性に目覚めの挨拶をする。

「おはようございます、ガーディア様。また、お会いできてうれしいです」

「おはようございます、カイン。まだ目覚めには早い時間ですが問題ないでしょう。今回も魔力の奉納ありがとう。回復以外にも魔力を使えるようになりました」

「それは、とても良かったです。三カ月おきになりますがしばらくの間、魔力を奉納させて頂きますね」

カインが今後の予定を説明すると、優しく微笑みながらガーディアがカインを抱きしめ、耳元で「ありがとう、カイン」と再度伝える。

耳元で言われて耳が少しくすぐったかったがとても心地よく『いつまでも聞いていたいなぁ～』と思っているとガーディアがカインから身体を離し
「まぁ、カイン。そんな事を言われてしまうと保護欲が溢れて帰せなくなってしまうわ」

ガーディアは困ったわぁと言う仕草なのか首を少し傾げながら呟いた。それを聞いたカインがびっくりした表情で困っていると、フフフッと笑い「冗談よ」と言った。

「……それで今回はどの様なご用件で顕現されたのでしょうか？」

カインが心の中で小さくため息を付いた後、ガーディアに呼び出された理由を質問した。

「えーっと、カインとおしゃべりがしたかっただけなんだけど……、もう、そんな表情《かお》しないで。カインが聞きたい事があるんじゃないかなと思ってちょーっと時間を取っただけよ」

人差し指を頬に付けながら目を細めながら返答するガーディアだったが、最後の方は少し真面目な口調で返答した。

「それは、申し訳ございません。自分で考えてからご相談させて頂こうかと思ったのですが、せっかくお時間を頂いたので二つ教えてください。一つ目は僕の身体から漏れている魔力ですが、これはまた何か悪い兆候でしょうか？」

カインが今自身に起きている魔力漏れについて素直に質問をした。

「それについては、問題無いわ。エルフから貰った魔道具を使いながら魔力操作のスキルレベルを上げていけばその内に漏れなくなるわ。まあ、漏れていてもエルフの女性にモテるだけだからいいんじゃない？」

カインの一つ目の質問に対して大丈夫と返答すると、最後は少しからかう様にガーディアが返答をした。

「そんな、エルフの女性達はとても奇麗で魅力的な方々ですが、駄々洩れしている魔力に好意を持たれても困ります。それに僕はハーレムなんて求めてもいませんから……」

「あら、本当に思っているのね……世界がカインの子供達で溢れるといいなぁって思っていたからちょっと残念だわ」

ガーディアは本気で残念そうな表情で呟く。それを見たカインは『本気か⁉』と心で呟いて少しフリーズした。

「……痴情のもつれは怖いので、早めに魔力操作のスキルレベルを上げます……。二つ目ですが、酷寒ですが本当に〝神々からの試練〟なのですか？」

ガーディアの爆弾発言から何とか立ち直り、二つ目の質問をガーディアにぶつけてみた。

「……うーん、それね……聞かれると思ったわ。結論から言うと半分Yesで半分Noかな？　理由は、酷寒はこの世界の自然の周期なのだけど、それを定めているのも神なので先ほどの回答になります。ただ特に試練を与えているわけでは無いのですがね……まあ、これはその内に」

「そうですか、安心しました。我々人族は神々に試練を与えられるほど驕っているのかと……何か別の意味があるのであればこれ以上お聞きする事はありません。自然現象に立ち向かうのも人の営みの一部と考えますので」

カインは神々に見捨てられていないと分かり、安堵の表情で感想を述べた。その後も少したわいのない話をしてガーディアとの会合は終了した。翌朝は心配事が無くなったせいか、とてもスッキリした気分で目覚める事が出来た。

翌日カイン達は魔道具屋のトータスの案内で錬金術師の工房へ向かっていた。魔道馬車で本日も移動で行きたい場所を魔道馬車の核に向かって指定するだけで自動で向かってくれる優れものだ。この分野だけは地球よりも進んでいるのではないだろうかとカインは考えていた。

出発して二〇分くらいすると、魔道馬車が進む景色が石造りの建物の数が多くなってきた。トータスの説明では、鍛冶や木工など生活に必要な道具を作成する工房が集まっている地域だとの事だった。

そして魔道馬車は一軒の石造りの家の前で止まった。

「おっ、到着したようだ。カイン様、降りましょうか?」

トータスが魔道馬車から降りるのに続きバルビッシュ、ガーディ、サーシャ、カインの順番で降りた。本日ララは、ルーク達の方で文官のアシストをする為カインとは別行動をしている。

降り立った場所は二階建ての四角い石造りの家が立ち並ぶ場所で、どの家の扉や窓も閉まっているが、薬品や金属や硫黄の様な匂いが漂っていた。

「おーい、リリス。お客様を連れてきたぞー、居るのは分かっている。早く出て来い」

トータスが扉をドンドンと叩いて大声で家主の名前を叫ぶ。通りを数人のエルフがカイン達に視線を向けるが、慣れているのか特に注意もせず通り過ぎていく。

「おーい」ドンドンドンと三回くらい同じ内容を繰り返した時、扉がゆっくりと開き、丸い眼鏡が片方ずれ落ち髪の毛もぼさぼさなエルフの女性が顔を出した。

「まったく、うるさいね。さっき寝たばかりなんだ。いったいどこの馬鹿だ」

悪態をつきながら扉の前に立っているカイン達をジロリと深緑の瞳でにらむ。そしてトータスを見つけると少し目を見開く。

「おいおいリリス、せっかくお客様を連れて来てやったのに、なんだその態度は。お客様にも俺にも失礼だろう?」

トータスがリリスと呼んだエルフの女性に向かってかなり低い声で注意をする。

「ごめんなさい、叔父さん。叔父さんだとは思わなくて。最近変な依頼を持ってくる輩がいて……寝不足も相まって気が少し立っていたの……」

トータスに注意されたリリスはしょんぼりと下を向きながら謝罪をした。

「玄関先では目立つので中に入れて頂けると嬉しいのですが?」

カインが二人の仲裁に入る様に発言する。リリスは「すみません」と言って扉を大きく開けて、カイン達を家の中へと案内した。

リリスの家の中は錬金術で使用するのか色々な道具がテーブルの上や下に積み上がっていた。部屋の中央のテーブルには大きな鍋が置かれており、今も何かを煮込んでいる様だった。リリスはカイン達を奥の部屋に案内した。そこには応接セットがあり、リリスが急いでソファを占領していた本などを床にどけていた。

「汚い所で申し訳ございませんが、こちらに座ってください。叔父さんは此方に」

リリスがカイン達にソファに座る事を勧め、トータスには自分の隣に座る様に言った。カインは
「ありがとうございます」と言ってソファに腰を掛ける。カイン以外はソファの後ろで立って待つ。

「此方は人族のカイン様だ。リリスが作成したと言っていた石鹸の製造錬金窯を欲しいそうだ。上手くすればお前のパトロンになってくれるやもしれないぞ」

「えっ！　本当っ！　叔父さん!!!!」

「な、なにを言っているのですか？　トータスさん??」

カインはトータスのいきなりの発言に慌てるのであった。

トータスの〝パトロン〟という言葉にあわあわと慌てるカインと、その反対にとても目をキラキラとさせながらカインを見るリリスがとても対象的でバルビッシュ達は笑いを押し殺すのが大変だった。

「パ、パトロンなんて、僕はまだ子供だよ。ま、まだ早いよ」

「そうでもございません、カイン様はすでに力も財力もお持ちではないですか」

バルビッシュが戸惑うカインに進言する。

「で、でも。こんななりじゃ……よ、夜の……」

「あ、あんた何を想像しているのやらしい。子供だと思ったら男なんて」

「ふははははぁ、カイン様。何かを勘違いされてしていますな。この場合のパトロンとは才能や能力のある技術者や芸能者に資金援助をして、その者達が新しい何かを生み出すのを楽しむ者の事です」

トータスがとても愉快そうに〝パトロン〟について説明をする。カインは「そうなのか」と少し安心したように笑う。

バルビッシュとガーディはちょっと違うのでは？　と思ったがカインが納得したようなので「まあ、いいか」と口を閉ざすのだった。

「それでは、リリスさんが作られた〝石鹸の製造錬金窯〟を見せて貰えますか？」

カインが気を取り直し、当初の目的を達成しようと話を進める。リリスも「ぜひ」と言ったあと部屋の奥に消えて行った。そしてしばらくすると一抱えもある金属製の鍋を持って帰って来た。

「これが私の作った〝石鹸の製造錬金窯〟ソープ君です。可愛い名前でしょう？」

リリスがテーブル上に錬金窯を乗せ頬ずりをしながら自慢する。

「これは、どの様に使えば石鹸が出来るか教えてくれませんか？」

「はい、カイン様。作り方は簡単です、この錬金窯の中に暖炉の灰を入れます。次に植物から採った油を入れます。香りづけに好きな香りのハーブを少々入れて魔力を注ぎながらかきまぜ、錬金陣を作動させます」

リリスが錬金窯の横についている魔石を触ると、錬金窯の上に光る錬金陣が浮かび上がり発光すると錬金窯の中に四角い石鹸が出来上がっていた。

「なんだってー！　なんで石鹸がいきなり出来上がるの？　材料入れてかきまぜて錬金窯が光ったら……ありえない」

カインが目の前で起きた事を理解できずに頭を抱える。

「なんだ、カイン様は錬金術を見るのは初めてですか？　だいたいこんなもんですよ」

トータスがバルビッシュやサーシャに同意を求めると二人共同じようにうなずいた。ガーディだけはカインと同じで初めてだったのか、口を開けてびっくりしていた。

「いくらファンタジーの世界だって、これは常識外ではありませんか？」

カインは小声で呟くのだった。

「どうですか、カイン様？　私のパ、パトロンになって頂けますか？」

リリスがもじもじしながら上目遣いで聞いてきた。カインは二、三歩後ずさりながらバルビッシュに助けを求める。

「カイン様、宜しいのではないですか？　カイン様には沢山作りたいものがあるのですよね？　丁度良かったのではないですか？」

「確かに、リリスさんがいればあれも、そうだあれも作れそうだね」

カインはフムフムと作りたいものを思い浮かべては手を叩き、また妄想にふけった。にまにまと妄想にとらわれつつあるカインを見ながら、今迄静観していたサーシャがリリスに質問をする。

「リリスはなんでこんなに凄い物が作れるのに、今までパトロンになってくれる人が現れなかったのかしら？」

「それは……私がポンコツだからです。錬金術師としては二流、いや三流。スキルが無ければ〝石鹸の作成錬金窯〟も作れなかったのです。そのスキルも使い勝手がとても悪い物ですし……何時も叔父さんに迷惑ばかり」

そうリリスは呟くと下を向いた。

「〝石鹸の作成錬金窯〟だけだって大したものだよ。これで領民の皆がいつも清潔を保てるようになるしね。ありがとうリリス、これからもよろしくね」

カインの太陽の様な笑顔を見てリリスも同じように笑った。

カインはリリスより〝石鹸の製造錬金窯〟を金貨五〇〇枚で購入した。微妙に高いかなと思いつつカインの専属錬金術師として今後も色々な物を作ってもらうので先行投資の意味もあり、この値段で合意した。

「これで今回持ってきた所持金はほぼ使い切ってしまった……本当は紙を購入したかったんだけどな」

「致し方ありません、将来の事を考えれば一〇年もしない内に元が取れますよ。カイン様ならもっと早くに元を取る事が可能じゃないですか？」

高い買い物をしたと呟くカインにガーディが大丈夫と太鼓判を押す。

「それよりも、紙はなぜ購入しようと思ったのですか？」

「うん、世界樹の村の紙は僕らが使っている羊皮紙ではなく、植物の繊維で作られた紙なんだ。羊皮紙と区別するために植物紙とか呼ぶのかな？」

カインとガーディが紙について話し始めると、サーシャがその会話に加わる。

「カイン様は、よくご存じですね。世界樹の村では植物紙とか葉紙《ようし》とか呼んでいます。錬金術と魔道具のおかげで羊皮紙よりも安価に作成出来て使いやすいですわ」

カインが植物紙の事を知っている事に驚きつつ、サーシャは世界樹の村の技術力の高さを自慢するのだった。

「その植物紙を使って何を作ろうと思ったのですか？」

「植物紙って羊皮紙に比べると薄くて軽いんだ。だから数十枚を束ねて本の様にして、写本に使っても良いし財務管理なんかの管理台帳に使えば、何冊かに分けて記載されていた一年の財務情報を一冊でまとめたり出来ないかなってね」

「そうですか、それは便利そう？　ですね」

ガーディは今一つ合点が行っていない様だったが、複数に分けられた情報を一冊に出来るのは便利だと理解したようだった。

「まあ、次の機会かな？　あっ、サーシャ、アイディアを盗んじゃダメだよ」

カインとガーディの会話聞いた後、何やらブツブツと考え込んでいるサーシャに笑顔で釘を刺しておく。

「そんな事しません、私は護衛なのです。ちゃんと守秘義務を守ります、全く……」

サーシャは顔を真っ赤にして否定をした。だが、まだその後も何やらブツブツと呟いていた。

「カイン様、お待たせしました。こちらの購入契約書にサインをお願いします」

カイン達三人がじゃれ合っている間にバルビッシュが購入契約書を作成し内容合意まで済ませ、最後のサインを依頼してきた。

「ありがとう、バルビッシュ。……よし、これでいいかな？」

カインが受け取った購入契約書にサインをし、バルビッシュに返却する。バルビッシュはサインを確認後、「問題ありません」と返答し、リリスにサインを依頼した。

「それで、カイン様は私にどんな課題を下さるのでしょうか？」

サインを終えたリリスがカインに向かって質問をする。カインは「課題⁇」と質問の意図が不明だったのか首を傾げて考えていた。

「カイン様、パトロンになった者は主より『課題』を与えられ、研究や創作を実施します。その結果を見て主は資金援助の額を決めます。まあ、最初のテストみたいなものですね」

「ふーん、じゃあ二つ作ってもらいたい物があるんだよね。涼しい服と温かい服、この服を着ている時に服に微量な魔力を流すと暑い時には服が冷えて涼しく、寒い時は服が熱くなり温かく過ごせる服なんだ。どう？　作れそう？」

「涼しい服と温かい服。服に魔力を流すと冷えたり、熱くなったり……素材はそれぞれ水、いや氷属性と火の属性……触媒は魔力水？　いや魔石？　……」

カインから与えられた課題内容を聞いたリリスは確認するように復唱した後、作成に必要な素材などを考え始めてしまった。

「カイン様すみません。リリスは一度こうなってしまうとしばらく戻って来ません。申し訳ないが本日この辺で終わりにしていただけないでしょうか」

トータスがリリスの代わりに説明をし、カイン達に謝罪をした。

カイン達は、一人ブツブツと考え始めてたリリスをトータスに任せて工房を後にした。

夕食の後シールズ辺境伯、ルーク、カインは滞在に割り当てられたツリーハウスのリビングである物を前に黙っていた。

「お祖父《じい》さま、ルーク父さま？　なぜ召し上がらないのですか？　とても良い香りがしていますよ？」

カインが二人の前に用意された〝セントウ〟を見ながら質問をした。それでも二人は目を瞑り腕を組み考え込んでいる。

「…しかしじゃ、カイン。この〝セントウ〟は……やはり……」

「そうです、やはり我らより先に陛下へご献上するのが良いかと……」

二人共〝セントウ〟の希少性と効果を想い、忠義の思いが自身の事より上回り始めている様だった。

「でも、お祖母《ばあ》さまもリディア母さまも〝セントウ〟をすでに召し上がられて、二〇歳も若返りしています。今後いつ〝セントウ〟が世界樹様（ガーディア様）より下賜されるか、はっきりしていないのですよ」

「だから、余計にじゃ。もし我らが食した後、まったく〝セントウ〟が世界樹様（ガーディア様）より下賜されなかったら……そう思うと……」

「カイン、我らは陛下に剣を捧げ、忠誠を誓った。陛下がこの〝セントウ〟を召し上がり、少しでも長く国を治められれば我らフローラ国はもっと良い国になるのではないかと思うとな……」

シールズ辺境伯とルークが心の内をゆっくりとカインに言い聞かせる。

「多分、大丈夫ですよ。今までの事から思うに〝セントウ〟は、僕が魔力を大量に世界樹様（ガーディア様）に奉納した時に出来るようなので大丈夫じゃないですか？」

「『でも……じゃ（な）』」

カインの説得にそれでも難色を示す。

「分かりました、最終手段です。お祖母《ばあ》さまとリディア母さまに二人が〝セントウ〟を食べる事を渋った場合にと渡された物があります」

カインはそう呟くとマジックブレスレットから二通の手紙を取り出し、封を開けて中身を読みだした。

「はぁー母子は似るんだなぁ。お祖父《じい》さま、ルーク父さま、お祖母《ばあ》さまとリディア母さまからのお手紙です。内容は同じなのでご安心ください。

ジョン、ルーク、私を一人にしないで。あなたの居ない世界で生きて行くのは死んでいるのと同じ。あなたが居なくなったら寂しくて……」

カインがアイシャとリディアの手紙を読み終わると、シールズ辺境伯とルークは即座に〝セントウ〟を食べ始めた。そして「アイシャ」「リディア」「『お前に寂しい思いをさせない』」と立ち上がって叫んだ。

カインはその二人の姿を見て『ふぅー、ごちそう様です。僕にもいつか素敵な人と出会えるかな？』心の中で呟き、笑みをこぼした。

❖❖❖

次の日の朝、世界樹の村の結界の外に人々が集まっていた。世界樹の村の文官もシールズ辺境伯とサンローゼ領の文官達も目に隈を作っていたが、達成感を前面に出した笑顔を浮かべていた。

「それでは、シールズ辺境伯殿、サンローゼ子爵殿。とてもいい交易でした、今後も互いに良い交易を続けさせていただきたいと思います」

ダダナがシールズ辺境伯とルークと固い握手を交わしていた。そしてカインの前に移動すると深く頭を下げる。

「今回も魔力の奉納誠にありがとうございます。また、三ヶ月後お会いできる事を楽しみにしております」

「はい、ダダナさんもお元気で。皆さんもありがとうございます」

カインがダダナに返礼をした後、お世話になった関係者に頭を下げて感謝を伝えた。

「ザイン、くれぐれも、くれぐれもよろしく頼む」

「はい、はい。それではカイン様。出発しましょうか」

ザインがダダナの言葉をサラッと聞き流しカインに出発の意思を伝える。そして〝転移の杖〟を起動する。カイン達が魔法陣に包まれると、いつもの様な浮遊感を感じ終わるとシールズ辺境伯領の城壁が見えた。

SS
こんなの気のせいよ…

数カ月ぶりの里帰りにサーシャは心を踊らせていた。たった数カ月故郷の世界樹の村を離れただけでこんなにも帰郷するのが楽しみになるなんてとサーシャは自分に芽生えた気持ちに少し戸惑っていた。

そしてもう一つ、リディアに別れを惜しまれ抱き着かれている護衛対象の少年をサーシャは見つめていた。近頃カインを見ると何時もより鼓動が大きくなる事に戸惑っていた。

故郷までの旅路は〝転移の杖〟を使う事で瞬きをする間に終わり、懐かしい木々達に囲まれた世界樹の森の入口に立っていた。世界樹の森に到着すると一行は、二班に分かれ行動する事になった。

サーシャは、カイン達と一緒に行動するため、世界樹の社《やしろ》に移動した。魔道馬車から見える世界樹の村はたった数カ月なのに驚くほど変わっていた。

『きれい、世界樹様があんなに光を纏われて』サーシャは世界樹から漏れ落ちてくる魔力の光をニコニコしながら眺めていた。魔道馬車が世界樹の社《やしろ》に到着しマリア一位法司に案内され祈祷の部屋に案内された。

「マリア一位法司様？　世界樹や部屋が光って見えるのですが？　気のせいですか？」

カインが祈祷部屋についての感想をマリア一位法司に質問をした。

「はい、前回カイン様に魔力を奉納頂いてから世界樹様もそうですが、この村全体に光が広がりました。周囲の瘴気も薄くなりブラックフェンリルの襲撃前に、いえそれ以上に世界樹様が元気になられていると感じています」

マリア一位法司は少しうっとりしながら祈禱部屋の壁を見て教えてくれた。

「そうですか、それは良かったです。皆さんが笑顔なのもそれが理由でしょうか？」

カインが道中感じた感想を付け加えて伝える。そうなのだ。世界樹から魔力が漏れているだけではなく、世界樹の村の住人がニコニコしているのだ。以前はいつ魔物の襲撃があるかと緊張感が漂っていたが、霧が晴れる様に消え去り今では穏やかな雰囲気が村を覆っていた。

〝トックン〟『えっ？　何？　胸の鼓動が急に』サーシャは急に高鳴る胸の鼓動にびっくりしていた。

『えっ？　何が起きたの、カイン様が世界樹様に魔力を奉納しただけ……えぇっ！　カイン様から光がっ！』

カインが世界樹に魔力を奉納し始めるとカインの身体全体から魔力が漏れ出しキラキラと輝き始めた。その光を見たサーシャは高鳴る鼓動を押さえる事が出来ず、わたわたとし始める。

『なんで、カイン様が光っているの⁇　それになんて柔らかそうなほっぺなの？　いや、いや違う』

「サーシャ？　どうしたのです？　どこか具合が悪いのですか？」

急にわたわたし始めたサーシャにララが体調でも崩したのかと心配して耳打ちをした。小声で伝えられたがサーシャの耳にははっきりと届き、そして人族よりも敏感な耳にかかった息に飛び上がってびっくりした。

「きゅ、急に何をするの？　あ、ご、ごめんなさい。なんとも無いから、大丈夫だから」

サーシャはびっくりし少し大きな声を上げるが、直ぐに自身の失態に気付き心配して声を掛けてくれたララに謝罪をする。

その後、何とか冷静を保ちつつ、高鳴る鼓動で紅潮した頬を隠す様に少し下を向きながらカイン達の後について行った。魔道具屋に到着するとカインは店主と会話を交わし、魔道具に関して楽しそうに会話をしている。サーシャが今回はどの様な魔道具を購入するのかと聞くと、カインは石鹸を作る魔道具と〝暖房機〟という魔道具を購入するときらめく笑顔で答えてくれた。

サーシャはそんなきらめくカインを見て余計鼓動が高鳴るのだった。

『きゃーっ、なんて笑顔が眩しいの！　なんて耳心地の良い柔らかな声なの』

サーシャは少しでも長くカインと会話をする為、あまり興味のない石鹸の話にも耳を傾け熱心に質問までしていた。

カイン達はトータスの魔道具屋を後にし、魔道馬車に乗ってダダナ族長の屋敷に戻って来た。魔道馬車が玄関前に着き、カイン達が魔道馬車から降りるとサリナさんが出迎えてくれた。

『なぜ？　わざわざ、サリナ様が⁇　それは、カイン様は世界樹様の使徒だけど……』

「カイン様。ようこそお越しくださいました、心より歓迎いたします」

「お出迎えありがとうございます」

ザインの母であるサリナがカイン達に歓迎の挨拶をする。カインもにっこりと笑いながら感謝を伝える。その様子を見ていたサーシャは〝トックン〟『まただ、なぜ？　カイン様はサリナ様にその様に笑いかけるのですか？　その笑顔は私だけ……』

「あの光は世界樹様が我々にお恵みを与えてくださるサインなのです。数日後には世界樹の葉があの部分よりひらひらと落ちてくる事でしょう」

サリナが落ち来る光をうっとりとした表情で見つめている。「それは重畳ですね」とカインは返答し同じく光を見ていたがしばらく経ってもサリナから次の言葉が出てこない。

『えっ、サリナ様？　なぜそんなにお顔を赤らめて……もしやサリナ様も！』

何時ものサリナと異なる様子を見て、サーシャはサリナもカインへ好意を持っていると確信を持った。

『そんな、そんなのダメ、絶対にダメ。カイン様はわたしの……』

「サーシャ？　サーシャっ！　あなた大丈夫ですか？　先ほどから様子が変ですよ？」

ララがサーシャの肩を持って揺らしながら尋ねてきた。

「えっ？　わ、私？　今何を思ったの？」

ララに正気に戻され、サーシャは先程までの自身に沸き上がった思いに戸惑っていた。

「大丈夫ですか？　それよりも早く移動しないと置いて行かれてしまいますよ？」

ララの言葉に周りを見回すとすでにカイン達は居なく、廊下にはララとサーシャだけが取り残されていた。二人は少し早足で廊下を進み、昼食会が行われる食堂に移動した。

昼食会はつつがなく進み、カインはメインに出されたマッドバッファローのステーキに舌鼓を打っていた。何やら発見したのか、とても美味しそうに食べているカインを見ながらサーシャは胸のときめきをまた感じていた。

『これは、もうほぼ確定だと思う。私は出会ってしまった。最初の運命の片割れに……』

サーシャは自身の中に沸き上がった気持ちが何故なのか漸く気づき、とてもふわふわした気持ちに満たされていた。

『ああ、カイン様が私の最初の運命の片割れだったの？　物語やお姉様達から伺っていたけど……こんなにも心が揺れて、不安定で、でもとても暖かいなんて……』

サーシャは食事を忘れてカインの姿を目で追っていた。サーシャにはカインの一挙手一投足が輝いていて、いつもより早く打つ鼓動をとても心地よく感じていた。

しかし、そんな心地よさもつかの間、デザートを食べるカインとそれを甲斐甲斐しく世話をするサリナのやり取りに、先ほど以上のモヤモヤを抱えながらサーシャは見つめていた。

『なんで、私という運命の相手がいるのにサリナ様と楽しそうにするの？　わたしがいるのに……』

叫び出しそうな気持ちを必死に抑え込み、何とか昼食会を終えカインの自室に戻る。カインの体調が悪そうだとルークが指摘したので晩餐会まで自室で休養を取る事になったのだ。

「カイン様、大丈夫ですか？　寒気や頭痛はありますか？　……少しお熱がある様ですが？」

ララに手伝って貰いながらカインは寝間着に着替えさせられていた。サーシャはその姿をイライラしながら見ていると突然、ララがカインのおでこに自身のおでこをくっつけた。

「ち、近いよ。ララ？」

「当然じゃないですか？　お熱があるか見ているのですから、少しそのままで我慢ください」

その姿を見てサーシャの中で何かが切れる音がした。その音に驚く暇もなく叫んでいた。

「ちょっと、ララ！　くっつきすぎでしょう!!!!!!　直ぐにカイン様から離れなさいっ！」

サーシャが二人の間に腕を押し入れ開きながら二人を離す。そしておもむろにカインを見つめると先ほどのララの様にカインのおでこに自分のおでこをくっつけた。

直ぐにララが間に入ってきてカインと引きはがされる。それでも一度噴き出てしまった思いは止められず再度カインにくっつく。

「あなたこそ、カイン様から離れなさい。カイン様が迷惑しているでしょう」

『実力じゃあなたには勝てない。でもこれだけは譲れない！　絶対に離れないんだからっ！』

サーシャは必死にララに反抗し、カインを自分にひきつけて離さない様に腕を絡ませる。ララも必死にサーシャを引きはがそうと再度試みてきた。そうこうしているとザインが部屋に入ってきて何かを呟いた後カインの腕に青色の腕輪を付けた。

腕輪を付けられたカインは急激に先程までのキラキラとした輝きを失った。それに伴いサーシャの中で湧き上がっていた高揚感も急速に冷えていく。『えっ？　私今まで何を？？？』

「えっ!?、あ、あれ？　キャー、いつまで手を握っているのっ！」

サーシャが突然カインから飛び離れ、自分とカインを交互に見て少しパニックになっている。その様子をザインは少し呆れた表情をしながら小さくため息を付く。

「サーシャ……あなたはカイン様の護衛なのですよ。修行不足も大概にしなさい。まあ、カイン様から漏れていた魔力の量が多かったので仕方がない所ではありますが……それにしてもです」

ザインの説明によると、カインから漏れ出ていた魔力のせいでサーシャは魔力酔いに陥っていたそうだ。エルフの女性は異性から漏れ出る魔力に敏感で、一種のフェロモンの様に感じ好意を抱く事があるらしい。

その後、盛大にバルビッシュ達に笑われ、からかわれたサーシャは耳まで赤くして今までの自分を恥じていた。『そうよ、カイン様の様な人族の子供に私が惹かれるわけなんじゃない。まったく最初の運命の相手だなんて……ありえるはずがない。全く』

自問自答をしながらなんとか自分の心を静め、バルビッシュ達とにこやかに話すカインを再度見る。

〝トックン〟『えっ、ちがう、違う。こんなの気のせいよ……たぶん……』

4章
美しくなりましょう

朝。

朝の時間が終わり段々と陽射しが強くなって来たお昼前の時間、サンローゼ領の住民が新しく出来た店舗の前の広場に集まっていた。新しく出来た店舗には〝サンローゼの湯〟と看板が掲げられていた。

「えーっ、皆様。本日はお忙しい所……」

店舗の前に設置されたお立ち台の上に上がった一人の女性が何かを話し始める。女性は十人中十人が〝肝っ玉母さん〟と表現する外見をしており、とても特徴的な服を羽織っていた。

「皆様。本日はお忙しい所……」

女性が同じ言葉を繰り返しても店舗前に集まっている住人達は静かにする様子が無かった。

「じゃ、じゃかわしかっ！　静かにせんかいっ！」

先程よりも数倍大きな声で女性が静かにするように注意をすると、集まっていた全員が一瞬飛び上がった様に〝ビクッ〟となり女性に注目し静かになった。それを見た女性はとても満足したような笑みを浮かべる。

「みなさま、本日はお忙しい所お集まりいただきありがとうございます。多くの方にお力添えいただきこの日を迎える事が出来ました。特に……」

女性は手に持った紙をちらちらと見ながらゆっくりと丁寧に話をしていく。その声はとても耳心地が良く、途中でヤジなども入らず聴衆は最後まで静かに聞き入っていた。

「……それでは、〝サンローゼの湯〟開店です。男どもっ！　間違っても女湯に入るんじゃないよ！」

それまでとても上品な言葉で挨拶していた女性だったが、最後にしめるようにニヤニヤと遠巻きに見ていた一団に激を飛ばした。聴衆はその一言で一斉に笑い始め、その場が笑いに包まれる。

挨拶の後、男女に分かれ店舗の中に住人が入って行った。

「カトリーヌさん、お疲れ様です。とてもいいスピーチでしたよ」

カインが挨拶をしていた女性に声を掛ける。

「これは、カイン様。とんだお恥ずかしい所……この度は私の様な者をお引き立て頂き本当にありがとうございます。これで親子共々一緒に暮らせます」

カトリーヌと呼ばれた女性は両膝を地面につけカインと目線を合わせ、カインの両手を包む様に握ると頭を下げげた。

「そんな、大げさです。こちらも利があっての事ですし。それにこれからとても大変だと思いますのであまり頑張りすぎない様にお願いしますね。何かあったら、直ぐに領主の館まで言ってきてくださいね、適切に対処しますからね」

カインが問題があったらすぐに連絡する様にお願いをする。

「はい、ご配慮ありがとうございます。その様な事が起きたらすぐにご相談させていただきます」

カトリーヌはとてもまじめな表情でカインの指示に回答をした。カインはニッコリと微笑みながら「よろしくね」と返答をした。

二週間前、世界樹の村から戻ったカイン達は、これから忙しくなる前にと銭湯の建設に注力をした。ほぼ出来上がっていたが、肝心のボイラーの設置などはカインとザインが居ないと進められなく、止まっていたのだった。

世界樹の村から戻った後、ザインをサンローゼ領に連れて帰って、ボイラー作成と設置をお願いしたのだった。シールズ辺境伯に戻ったらすぐに王都へ向かうからと反対されたが、〝転移の杖〟で直ぐ行けるでしょうと言うザインに説得されたのだった。

それに、シールズ辺境伯とルークは〝セントウ〟を食べたせいで二週間は安静にするように言われていたのだった。シールズ辺境伯は、馬車を先行で出発させて王都の手前で合流する事にするとカインがサンローゼ領に戻る際に教えてくれた。

〝サンローゼの湯〟は初日から大反響で入場制限が掛かるほどだった。ただお風呂に入った事が無かった者が大多数だった為で、店舗のスタッフ総勢でお風呂の使い方を説明するのにてんやわんやだった。二、三日もすると住民同士でも教え合っているのか、段々とスタッフ達の苦労も少なくなっていった。

「カイン様、〝サンローゼの湯〟の状況ですが、始めに配布した無料体験券はほぼ回収が終わったそうです。これからどのくらいの頻度で使用して貰えるかですが？」

バルビッシュがカトリーヌからの報告書を読みながら感想を述べる。

「そうだね、一週間に一度くらいは使って欲しいけど、これ以上は安く出来ないしね。ザインさんが協力してくれればこの前買って来た暖房機を解析して使用魔力を減らせるとは思うんだけどね。それよりも仕事を増やして収入を増やす方がサンローゼ領全体にはいいんだけどね……急には難しいよね」

バルビッシュは「そうですね」と小さく呟くのだった。

「それよりもカイン様、あれは少しやりすぎだったのではないですか？」

バルビッシュが手に持っている報告内容が記載されている木板から目を離し、カインに進言した。

「ああっ、あれね。うーん、でもさあれだけの量をいつまでもマジックバッグに入れておいてもねぇ？」

カインは指摘されたあれを思い出して目線を上に上げる。

❖❖❖

世界樹の村から戻って来たカインは、浴場の建設を行う傍ら購入してきた〝石鹸の製造錬金窯〟を試しに使ってみた。世界樹の村でリリスがやっていたように材料を用意して錬金窯の横の魔石に魔力を注ぐと錬金窯が光り、中には石鹸が出来上がっていた。

「おおっ、すごい！　しっかし、魔力を注ぐだけで石鹸が出来ちゃうんだから、リリスはやっぱり天才なんじゃないんかな？」

「確かに……非凡ではありますが、その他はほぼ何も出来ないとトータス殿が嘆いていましたぞ。カイン様、しっかり面倒を見ないといけませんからね」

「えーっ、まだ課題が終わってないんだから大丈夫じゃない？　数カ月で出来るとは思えないけど？」

カインはリリスに出して来た【涼しい服と温かい服】を思い出していた。

「甘いですぞ、カイン様はあの娘《リリス》に研究だけしていれば良いと免罪符を渡して来たに等しいのですから、自分はあの娘《リリス》が次回の訪問時に村の入口に作成した服を持って待っている姿が目に浮かびますぞ」

バルビッシュはそう言うと眉間に出来たしわをほぐす様に指でもむ。カインは「ええっ？」と驚きあの時の事を思い出し大きなため息を付いた。

「ま、先の事は先で考えればいいから。今は石鹸づくりをたの、いや頑張らなくちゃ。早く良い配合を見つけて販売して元を取らないとね。サーシャはどんな香りの石鹸だったら使ってみたい？」

難しい事を考える事を止めたカインは、石鹸づくりの良き理解者であるサーシャとせっせと錬金窯に材料を入れては魔力を込めてを思う存分行った。……結果、二人の前には作業部屋として借りた会議室いっぱいに積み上げられた石鹸を見て、冷や汗を流すのだった。

❖❖❖

「大丈夫、大丈夫、今無料で浴場内に設置している石鹸は販売には向かないけど普段使いには問題ない試作品達だし。無料で石鹸が使い放題って話題にもなるじゃない？

そ、それにこれから二つも浴場を作るんだからあっという間に無くなるって。ねぇ、サーシャもそう思うよね？」

一緒に大量に石鹸を作った共犯のサーシャが座っている方を見ると、すでに姿が無くガーディと何かを話し合っている振りをしていた。

「バルビッシュ、あまりカイン様をいじめないでください。カトリーヌ様からとても石鹸が好評との報告もされているではないですか。試作品を販売して変な文句を言われるよりいいはずです。そうですよね、カイン様？」

ララがサーシャに裏切られ呆けていたカインをフォローしつつ「元気を出してください」と言いながら手を握りその手を自分の胸に押し当てた。

フォローをして貰えて復活したカインだったが、その後に訪れた柔らかい感触にあわてて「ありがとう」と言って手を離した。ララは手を離されて残念そうに目を一瞬細めるが、すぐに微笑んでいた。

「それにしても、カトリーヌさんってとっても良い人だよね。ランドルフは何処でカトリーヌさんと会ったんだろうね？」

「はい、何でも昔からのお知り合いだったそうですよ。新市街が出来る前は歓楽街でお店をしていたそうです。新市街が出来た時にあそこに移られて、歓楽街時代から面倒を見ていた住民と移住組の住民の面倒を見るようになったと」

「へぇー、ランドルフって色々な所に人脈があるよね。執事をしておくには勿体ないって時々感じるんだ。執事服を着ないで椅子に座っていたら裏組織のボスって言われても納得しちゃうよね」

「「「えっ？」」」カイン以外の全員が一斉にハモった。

「何か？　変な事言った？」

今度もまた、全員がぶるぶると首を振るのだった。カインは「変なの」と呟いた。

「カイン様はカトリーヌ様のどんな所が好きなのですか？」

ララがにっこりと微笑みながら話題を変える。

「そうだなぁ、カトリーヌさんのあの包容力のある雰囲気も好きだけどやっぱり考え方かな。

以前ね、カトリーヌさんが子供達に話していたんだ。

『どんなにお金を持っていても心が貧しかったら本当の幸せを感じる事は出来ないの』ってね。」

「それはとても素晴らしい考え方ですね。優しい人には優しい人が集まって来るのですね」

「え？　そうかもね、ララもガーディもバルビッシュ、そしてサーシャもみんな優しい人だもんね」

思わぬ反撃を受けてララ達は顔を赤らめて下を向いた。カインはフフと少しは意趣返しが出来たかなとにっこり笑う。

「そんなっ、キュンキュンさせないでください。我慢が出来なくなってしまいます」

ララはそう呟くとカインを自分の胸に抱きしめた。カインは突然の柔らかさにドギマギし、しばらくの間抵抗を忘れてじっとしていると、ララは満足そうに目を細め、さらに力を加えた。

「ララ様、何をされているのです！　カイン様が、カイン様から直ぐに離れてください！」

サーシャが顔を真っ赤にしながら二人を引きはがしにかかる。

「ッ邪魔しないで！　最近はあなたばかりずるいのよ」

ララとサーシャは突然カインを間に挟み喧嘩を始める。二人の間で二人の顔を交互に見ながらカインがおろおろしていると、バルビッシュとガーディが仲介に入り二人を止めた。

「まったく何をしておるのじゃ、カイン様が困っていらっしゃるだろう。お前達はもう少しわきまえよ。我らはカイン様をお守りするのが使命じゃ。困らせるのではない」

サーシャを片手で制しながら大きくため息を付いてバルビッシュは二人を諌めた。

「でも……」サーシャがそう言いかけるとバルビッシュが厳しい視線を飛ばし「ごめんなさい」と呟く。同じくララも「私も大人気なかったわ……ごめんなさい」と謝罪をした。

「まったく、誰に謝っているのじゃ。お前達が謝らなければならないのはカイン様へじゃ」

急に話を振られたカインは『えっ？　僕なの？』と目を大きく見開きながらバルビッシュとガーディを見ると、二人はゆっくりと頷いた。

「えーっと、ララもサーシャも僕にとっては二人とも大事な仲間だから……喧嘩はなるべくやめて欲しいかな？　でも、意見の食い違いはこれから先もあると思うから、そこは遠慮なく暴力無しで話し合いをしてね。僕はララもサーシャもバルビッシュとガーディも大好きだから」

カインは少し照れながら話していたが、最後は全員をしっかり見て宣言した。そしてにっこりと微笑むと四人は同じように笑顔で「ありがとうございます」と返事をした。

「さーて、ちょっと寄り道しちゃったけど今日の本題に入ろうか。リリスから購入した石鹸の製造錬金窯で石鹸は出来たんだけど、原材料が獣脂、今はオークの油なんだよね。世界樹の村の石鹸の様に植物の油を使いたいんだけど、サンローゼ領の近くで植物の実や種から油が取れるなんて話知らないかな？」

「植物から油ですか？　うーん、聞いた事がないですね」

ガーディが腕を組み首を傾げながら答える。

「ガーディ？　雪が解けて暑くなる前に咲く黄色い花の種はどうかしら？」

ララが何かを思い出しガーディに確認をする。

「ああ、あれか……確かに砂粒の様な種を潰すと少し粘つく液が出るがあれを集めるのは大変だぞ」

「そう……」ガーディとララは何かを思い出したようだったが、諦める様にうなだれた。バルビッシュもしばらく考えていたが何も思いつかなかったのか、サーシャに質問をした。

「サーシャ、世界樹の村ではどんな植物から油を採るのだ？」

「そうね、いくつかあったと思ったけど代表的なのは油の実からかしら。大人の拳大の黒い丸い実がなる木があって、その実を絞るとサラサラな油がとれるのよ。髪とかに付けると髪の毛がサラサラになるの。それにサラダにも掛けたりして食べたりもする。でもサンローゼ領とは気候が違うからこちらでの栽培は難しいのじゃないかしら。それに実がなるまで二〇年くらいかかるし」

「そうか……」とサーシャの話を聞いてバルビッシュもうなだれた。サーシャの話を聞いたカインは『オリーブの様な実なのかな？』と思ったが深く追及は控えた。

「菜種、大豆、ゴマ、オリーブ、アボカド、米、ヒマワリ、パームヤシ……うーんサンローゼ領での市場では見かけた事ないかもな……豆は数種類あったけどあれは食用だしなぁ……」

カインは地球での事を思い出しながらブツブツと候補を挙げていくが、これといったものが思い浮かばず、その日の検討会はお開きになった。

冬が近づき冷たくなって来た風が、小麦の数度の麦踏みを経て元気に育っている小麦の葉をゆらしている。風が通り過ぎる度に小麦の葉が波の様に倒れては起き上がる。

「大分涼しくなって来たね。ガルド、後何回ぐらい麦踏みをするの？」

カインは街壁の外に作った小麦畑を眺めながら、作業員のリーダーに質問をした。

「そうですね、確か……ちょっと、いや少々お待ちください。ゾーン、ゾーンちょっとこっちに来てくれ」

ガルドと呼ばれた狼の獣人が、小麦と小麦の間に育った雑草を抜いている人族の青年を呼んだ。

ゾーンと呼ばれた青年もカインが数カ月前に雇い入れた一人で農民のスキルを持っていた。

「ガルド、呼んだか？　今忙しいんだが……あっ、カイン様。こ、こんにちは」

少しけだるそうにカイン達の側まで来たゾーンはカインを見つけ、慌ててかぶっていた麦わら帽子を取って挨拶をする。

「せっかくカイン様が見に来てくれたんだから。カイン様が後何度麦踏みをするのかと聞かれているんだ」

「ああ、このままだと後二回かな？　いえ、後二回行います」

「後二回だね、りょーかい。予定を調整して参加するね。この広大な小麦畑を全部踏まないといけないんだから手伝うよ。楽しみだなー」

カインは麦踏をするのを想像すると、とっても気分が良かった。

「あ、ああっ。ごめん、ゾーン。仕事を中断させてしまって。ありがとう、作業に戻って」

「い、いえ。農作業の事ならいつでもおっしゃってください。なんでもお答えしますから」

カインは「ありがとう」と返答をして休憩所の東屋に戻った。

『しかし、農民のスキルって凄いよね。鍬を振るえば土に当たった所よりも広く耕されるし、雑草を引き抜けば根っこの先まできれいに抜き取れる。刈り入れの時に鎌を振るったら斬撃が飛んで小麦が刈れるだろう。もしかしたら、戦闘スキルよりも一般的なスキルの方が凄いんじゃないかな？　料理長の調理スキルなんて典型的だしね』

カインは考えている事が知らず知らずに口から洩れているのも気づかず、今思い付いた考察に深く入り込んでいった。

「カイン様、カイン様、カ・イ・ン・さ・まっ！　そろそろ、こっちに戻ってきてください」

「えっ、サーシャ？　あ、ごめん、ごめん。考え事していたよ。それで何？」

「はぁー、〝それで何？〟とはちょっと傷つくわね。昼食の用意が出来ましたので召し上がってください」

サーシャの言葉を聞いて目の前を見ると、今日の昼食であるトマト味の肉が沢山入ったスープと少し硬い黒いスライスされたパンが配膳されていた。

「ごめんなさい……」

「サーシャ、カイン様をいじめるのはその辺で辞めないか。今回は特に誰にも迷惑を掛けていないのだから。それによく覚えておくと良い。こうなった後のカイン様から素晴らしいアイディアが生まれるのだから」

ガーディがサーシャからカインをかばう。かばわれたカインは衝撃的な事実に打ちひしがれていた。

『えっ、僕ってたまにこんなことになっていたんだ。もしかして、あの時や、あの時も……』

「カイン様、カイン様」とガーディに身体を揺らされて再度カインは覚醒する。その後カインは少し凹みながら昼食を食べ続けた。その後、昼食の後片付けを手伝い、陽が落ちる前に街壁に戻る事になった。小麦畑の横の街道を街壁に向かって歩いているとカインを呼ぶ声が聞えたので声の方を見る。

「カイン〜、おーい、カイン」

森の方からハナコに乗ったトニーがカインに駆け寄って来た。

「ああっ、トニー！　久しぶりだねー。何？　ハナコと散歩だったの？」

カインがトニーを乗せたハナコに駆け寄って行く。ハナコはカインが近づくとブフォッと一声鳴くと目を細めながら顔を摺り寄せてきた。

「ハナコも元気そうだね、いつも美味しいミルクをありがとうね」

優しくハナコの顔を撫でると、とても気持ちが良かったのか先ほどよりももっと顔を摺り寄せ最後にはカインの顔をベロンと舐める。

「うひゃー、ハナコー。顔がベチャベチャじゃないか？」

「あーあ、ハナコはカインが大好きだよな。ハナコが顔を舐めるのは本当に気を許している相手だけだから怒らないでいてやってくれよ」

カインは「分かってるよ」とガーディから受け取ったハンカチで顔を拭きながら笑顔で答えた。

「今日はハナコが大好きなツツジの実を食べに大深森林《だいしんしんりん》に行っていたんだ。ツツジの実を食べるとミルクが良く出るようになるんだ」

カインは「へー」と呟きながら聞いていたが、ツツジの実がどんなものか全く想像がついていなかった。

「なんだよ、そのやる気のない返事は」

「そんな事ないって、トニー。ツツジの実を見た事が無いからどんな形なのかと想像しながら聞いていたから……ごめんよ」

「なーんだ、それじゃあしょうがない」

トニーは「そうかそうか」と頷きながら満足そうに笑った。そのやり取りを見ていたサーシャがついに堰を切ったように早口で文句を言い出した。

「あなた、カイン様が優しいからってちょっと、調子に乗りすぎよ。そもそもあなた誰よっ！」

サーシャがカインとトニーの間に入りトニーに文句を言う。

「お前こそ誰だよ。俺はカインの親友、し・ん・ゆ・うっ！　だから何も問題は無いの分かる？」

「し、親友ですって！　うーーー」

「サーシャ、落ち着いて。トニーの言っている事は本当だよ。同い年位の子供は僕の周りにはトニーの他に居ないから唯一無二の親友なんだ」

カインがサーシャをなだめ、最後の方は少し恥ずかしそうに呟いた。それを聞いたトニーもとても良い笑顔で「へへっ」と照れている。

「もう、もう良いわよ」

お互いに親友と宣言をして照れ合っている二人を見たサーシャは半ば諦めた様に呟く。

「そ、それより、トニー？　その手に持っている籠に入っている花は何？」

「えっ？　これか？　これがさっき言っていたツツジの花だよ。きれいだろ？　ハナコがツツジの実を食べに行くと姉ちゃんの為に少しお土産に摘んでくるんだ」

そうトニーは説明しながら籠の中から赤い花びらの花を取り出す。その取り出された花を見てカインは数秒固まり、花を持っているトニーの手を覆う様に握った。

「トニー、この花がツツジの花なの？　ね？」

「お、おう。そうだけど急にどうした？　ツツジの花なんて珍しくないだろう？」

トニーはカインの勢いに少し引きながら答える。

『この赤い花弁に長いおしべとめしべ……これはどう見たってツバキだよなぁ？　どうしてツツジなんて名前が付けられているんだ？　そんな事は今はどうでもいい』

トニーの手を握ったままツツジの花の右を見たり、左を見たり、花の中を覗いたりしてカインはこの花がツバキである確信を持つ。

「トニー明日は、仕事ある？　僕をツツジの花の場所に案内して欲しいんだけど！　ねぇ、だめ？ダメ？」

必死の形相でトニーに詰め寄りながらカインは明日の予定を確認する。トニーは近づくカインの顔から必死に逃げようと顔を遠ざけるが、手を握られたままなので直ぐに引き寄せられて顔が近づく。

「もう、ちっかいんのよっ」サーシャはカインとトニーを力づくで引き離した。トニーはカインから離れられてホッとしていたが、カインは未だサーシャを押しのける様にトニーに近づこうとしていた。

それに気づいたトニーは両手を伸ばし、カインに落ち着く様にジェスチャーで伝える。それで漸くカインは落ち着きを取り戻した。

その後落ち着きを取り戻したカインは、冷静にトニーの予定を確認し二日後にツツジの花が咲いている場所に案内して貰う様に約束を取り付けた。それから二日間、カインは何かソワソワしっぱなしでバルビッシュ達に度々注意をされるのだった。

まだ陽が上りきらない早朝、朝の冷たい空気が段々と温められ始める中、カイン達は街壁の門の前でトニーを待っていた。トニーには朝ご飯を食べ終えてから集合と伝えてあるのでそろそろ来る時間だ。

「カイン様、何で今日はこんなに早くに集合だったのですか？」

サーシャが少し眠そうに呟く。

「大深森林《だいしんしんりん》での作業になるから朝早い方が危険が少ないからね」

カインは『そんなに早かったかな？』と考えながらサーシャの質問に答えた。サーシャはカインの返答を聞いても納得できない雰囲気を醸し出していた。

「サーシャ、この森は浅い所では普通の森と変わらないが、たまに魔物が移動してくる場合があって油断は禁物なんだ。最近では騎士団が定期的に間引きをしているからそれほど危なくは無いとも聞いているがな。今日は、人数が多いから念のためな」

ガーディがカイン達が心配している訳をサーシャに説明する。サーシャは説明を聞いて『ふーん、分かったわ』とあまり納得していない感じで返事をした。

「おーい、カイン。おはよう、待ったかぁ？」

先日と同じようにトニーがカウカウブルのハナコに乗って現れた。カイン達も「おはよう」と返事を返す。

「なぁ、何で今日はこんなに大人数なんだ？　ただツツジの実を採りに行くだけなんだろう？　いったいどのくらい採るんだ？」

トニーがいつものカイン達の他に背中に籠を背負ったメンバーを見ながら質問をする。トニーを待っていたカイン達は総勢十人、ララを除いた四人と小麦畑を管理しているガルドとゾーンの他に四人の作業者が並んでいた。

「そうかな？　場所が場所だからちゃんと守れる体制を整えただけだけど。多かったかな？」

「大丈夫じゃないか？　ハナコが居るし、ガーディだけでも十分だと俺は思うけど……一つだけ守ってくれ。ブル系の魔物が近寄ってきた時は直ぐにハナコの側に集合な。ゴブリンとかは滅多に現れないけど出てきたらガーディ達にお願いするって事で」

トニーが珍しく真剣な表情でカイン達に注意事項を伝えた。カイン達も真剣にその言葉を受け止め
「「「了解」」」と返事をした。

注意事項を確認し終えたカイン達はトニーを先頭に街門を抜けて門外に出る。そして街道から外れ街壁に沿って進み始める。街門が見えなくなるくらい進むと、今度は森に向かって進路を変更し大深《だいしん》森林《しんりん》の中に分け入っていた。カイン達は獣道よりも少し進みやすい森の中の道を一時間程進むと、少し開けた場所に出た。そこには全高二－二・五ｍで赤い花を無数につけた木々が並んでいた。

「到着っと。どうだい、カイン？　あれがツツジの花の木だけど、カインの思っていたのと同じだったか？」

トニーがカインの方を振り返りながら質問をする。カインはゆっくりとツツジの木に近づき、赤い花弁の花を近くで確認をする。そして、木々の下に落ちている割れた実を拾い上げ、中に入っている種を拾ってうなずく。

「トニー、これで合っていると思う。戻ってまだ加工しなくちゃいけないけどね。僕が欲しかったものだと思うよ。ありがとう！」

カインはトニーに駆け寄り、トニーの手を両手で包みながら握り感謝を伝えた。トニーとカインが会話をしている横でハナコが木になっている実を口でもぎ取りむしゃむしゃと食べ始めた。

ハナコが食べているツツジの実はカインが知っているツバキの実とは異なり赤い皮をしていて実はリンゴの様に白かった。ハナコの咀嚼音を聞いていてもツツジの実は硬くなさそうだ。それにとても甘い香りがしていた。

カインは地面に落ちている少し大きめのアーモンドの様な形の角が丸まった種を拾い、目の高さまで持ち上げる。

「みんな、集まって。今日はこの種を採取お願い。目標は籠に八割くらいまでお願いね。明らかに虫に食われた物は不要です。では、三人一組になって作業を開始して、必ず一人は周囲の警戒を忘れない様に」

カインからの注意が終わるとガルド班と、ゾーン班に分かれて採取を開始した。カインもバルビッシュ達とツツジの種の採取を開始した。木々の下には沢山の種が落ちていた。カインは鼻歌交じりに種を集めた。

「しかし、いったいどうやったらこんなにツバキ、いやツツジの木が増えるのかな？　僕の目的にはとっても嬉しいけど……」

カインは地面に落ちている種を一つ拾って手の中で少し遊んだ後、背負っている籠に入れた。そしてツバキの木になっている赤く熟れた実を一つもぎった。

「凄く美味しそうだよね。香りだけだったら梨のような、ラ・フランスに近いかな？」

カインは手にしたツツジの実を鼻に近づけ匂いを楽しむ。

『食べても美味しくないって言ってたけど、これだけ甘い香りがするのだから少しだけなら大丈夫じゃないかな？』

カインは横目でバルビッシュ達が自分の方を見ていない事を確認してツツジの実を一口かじった。

「おっ、甘い。美味しいじゃ、ぢっうがぁーーー。にが、いや、しぶい、口が口がぁーーー」

ツツジの実を一口かじったカインだったが、甘みを感じられたのはほんの一瞬だけ、その後は舌先から一瞬で口中にえぐみが広がった。

「水、みず、みず」

カインは口からとめどなくよだれをたらしながら、水を求めて魔法の腕輪から水筒を取り出し、口をすすぐ。しかし、水筒の水を全部使っても口の中に広がってしまったえぐみは消える事が無かった。

「カイン様、こちらを」

バルビッシュが腰の袋から何かを取り出しカインの口の中に放り込む。何を食べさせられたのか分からなかったが、口の中にハチミツの甘みが広がりえぐみを押さえる。

「ありがとう、バルビッシュ。助かったよ、ツツジの実があんなにえぐみだらけの果物だとは思いもしなかった。ひどい目にあった。でも……よくこれを美味しそうにむしゃむしゃと食べるよね……」

カインは甘い香りに誘われてツツジの実を食べた事を酷く後悔しつつ、目を細めながら美味しそうにツツジの実を食べるハナコを見た。

「カイン様、あれほど出発前にご注意したでしょう。でも良い失敗でしたな、命に係わる事では無いのですから。次回からは、初めて口にする前に〝解析の眼鏡〟で確認してから食べてくださいね」

バルビッシュが、少し頬を緩めながら優しくカインを諫める。カインは「はい……」と小さな声で答えた。

カインが気を取り直してツツジの種の採取に戻ろうとするとバルビッシュに腕を引っ張られる。

「バルビッシュ？　どうしたの？」

先程とは打って変わって、表情を硬くしてカインを背の後ろに隠す。ガーディも武器を片手に戦闘態勢をとる。二人の視線の先をカインが覗くと、森の奥から近づく魔物が見えた。

魔物達は全部で五頭居て、一直線にツツジの実がなる木々に近づいてくる。他の場所で種を採取していた他の作業員達も異変に気付いた様で、慌てず静かにハナコの後ろに移動し始めた。

魔物達もカイン達に気付き、ゆっくりと近付いてくる。バルビッシュとガーディが警戒レベルを上げる。その横をハナコとトニーが通り過ぎ前に出る。カインは「トニー……」と言いかけたが魔物達の視線が一斉にカインに向いたので言葉を飲み込んだ。

ハナコは近づいてきた魔物達の前に立ちはだかると息を吐いた後、大きく鳴いた。魔物達は何か文句がある様か小さく数回鳴き返答をしているように見えた。そしてもう一度ハナコが先ほどよりも低く短く鳴くと一瞬ビクッとした後、前足を折り頭を垂れた。

ハナコはそれを確認すると大きく頷く様に首を下げる。それを見た魔物達はゆっくりと立ち上がりカイン達とは離れたツツジの木の方に向かって行った。ハナコと魔物達のやり取りを緊張しながら見守っていた一同は大きく息を吐いて力を抜いた。

「トニー、あの魔物達は何？　なんでハナコの前にひざまずいたの？」

「カイン、びっくりしたか？　あの魔物達はウォーターブルって言って、ここから少し奥に入った水辺を中心にいるブル系の魔物だ。前から何度かここで遭遇するけど、いつもあんな感じでハナコが話すと大人しく別の場所に移動するんだ。だからハナコが居れば安心して採取が出来るぞ」

ハナコの強さを自慢するように少し胸を張りながらトニーが説明する。

「ハナコは、此処のボスなんだね。ありがとうね、ハナコ」

カインが首筋を撫でながらお礼を伝えると、ハナコは嬉しそうにカインの顔を舐めた。それ以上魔物達とは遭遇せず、目標の量の種を採取できた。

ツツジの種の採取をした日から一週間が過ぎた良く晴れた日、カイン達は街壁の外に立てた東屋に集合していた。採取の時と異なり、今日は全従業員が勢ぞろいしている。

「皆さん、おはようございます」

カインが東屋の庭に集まっている従業員に朝の挨拶をする。従業員達からも「「おはようございます、カイン様」」と元気な返事が返って来る。

「今日はいつもと違う作業ですが、よろしくね。数が多いから大変だと思うけど、お昼ご飯はお肉たっぷりにするからお願いします」

カインから「お肉たっぷりの……」と聞いた従業員達から「「よしっ」」や「「頑張るぞ」」などの声が上がる。

「それじゃあ、二班に分かれて、まずは種から実を取り出す作業をお願い。実は砕けてもいいけど怪我はしない様に気を付けてね。もし怪我をしてしまったらすぐに報告する事」

お昼の事で少し興奮していた従業員達がカインの言葉で冷静さを取り戻し「「はい」」と返事をしあらかじめ決められていた班に分かれる。

先日採取されたツツジの種は、平らな台に広げられ天日で一週間の間乾燥されていた。ツツジの種は殻から水分が蒸発し、種を揺らすと小さくカラカラと音がする。従業員たちは藁を入れた麻袋の上にツツジの種を乗せハンマーで叩いて殻を割って実と殻を取り分けていく。

一斉にツツジの種を割り始めると怪我をしない様に集中している為か、種を台から採る音とハンマーで割る音だけが東屋の庭に響く。面白い事に特に意識をしていないはずだが、だんだんとリズムが合ってくる。しばらく〝ガサッ、バキ〟と言う音だけがしていたが、誰かがリズムに合わせて歌を口ずさみ始めるとその歌を知っている者達が一緒に歌い始める。

カインも歌のリズムに合わせて種を取り、ハンマーで割るを繰り返す。しばらくリズムよく作業をしていたが、流石に七歳の手でハンマーを振り続けていると握力があっという間に無くなり、リズムがずれ始めた。そろそろ、ヤバいと思い始めると歌が終わり種割が一旦ストップした。

「はぁー、調子に乗って叩き続けちゃったけど結構大変な作業だね？」

「カイン様には少しきつい作業かもしれませんね。大分殻が割れたので選別の作業に変わられたらどうですか？　力仕事は自分達でやっていくので次の準備をお願いします」

バルビッシュがカイン達よりも大きなハンマーで種を割りながら返事をする。カインは周りを見渡し「うん、そうする」と言って実を選別する作業台に移動した。

選別台の上には殻を割られた種が集められており、カインの様に先程まで種を割っていた数人が移動してきて選別を始めていた。

「カイン様、この実と殻を分ければ良いのですよね？」

選別台で作業を始めていたガルドが確認をする。「そうだよ、お願いね」とカインが返答をすると、同じく選別台に移動してきていた数人が実だけを取り出し小樽の中に入れて、殻を麻袋に選別し始めた。

カインもしばらくは選別を手伝っていたが、ここでも子供の手ではスピードが遅く、あまり戦力になっていないと感じたので、ガルドに任せて料理場に移動した。

調理場では今日の昼食の下準備が始まっていた。三人いる調理員達は材料を分担して刻んでいく。三人共とても手際が良く、みるみるうちに食材が刻まれていく。今日のお昼は午後も作業が続くので腹持ちの良いうどんを作る予定だ。

「カイン様、お肉を頂けますか？」

野菜を切り終えた一人がカインに食材を取り出して欲しいと声を掛ける。カインは「了解」と言って、まな板の上にドンッとオークのばら肉の巨大な塊をマジックブレスレットから取り出した。

出されたばら肉を確認すると「ありがとうございます」と言った後、調理人は巨大なばら肉の塊を三㎜位の薄切りにしていく。カインは『いつ見ても料理のスキル持ちの包丁さばきは凄いなぁ』と思いながら眺めていた。

今日のお昼はオーク汁うどんで、要はゆでたうどんに豚汁《おーくじる》を掛けるだけのお手軽メニューだ。料理長と試作した時は少し太めの腰のあるうどんと、油分の多いオーク汁がとても合っていて美味しかったし、お腹が一杯になったのでこのメニューにした。

うどんは、前日に料理長に後ゆでるだけの状態にして貰ってその状態でマジックブレスレットに入れてきた。切り終わった肉と野菜を大鍋で炒め始めたので、カインはもう一つの大鍋にお湯を魔法で出しゆでる準備をする。

大鍋のお湯がボコボコと沸騰してきたのでカインはララに手伝って貰いうどんを投入していく。大人数のうどんをゆでなければならないのでどんどん作業を進めて行った。うどんが対流して良い感じにゆだったのを確認し、一本ララに取り出してもらい味見をする。ララが「いかがでしょうか？」と聞いてきたので、カインはＯＫマークを指で作り、うどんを取り出して貰う様にお願いをした。

「「ごちそうさまでした、とても美味しかったです」」

「はい、ごちそうさまでした。口に合ったようで良かった」

午前中の殻割りと実の選別が終わり、調理班と頑張って作った〝豚汁《おーくじる》うどん〟をみんなで食べました。初めて見る白い麵とみそ味のスープに最初のうちは中々手を付けなかったが、カインがスープを飲んで目を細めて「美味しい」と一言呟いた後、夢中で食べ始めるとそれを見た従業員たちも一口食べる。

その後は、麵をすする事が出来ない彼らはスプーンで掻き込むように一気に食べた。そして最後の一滴までスープを飲み干すと大きくため息を吐き、「美味しかった」と言った後、呆けてしまった。そんな従業員達を横目にお代わりをカインが取りに行くと〝はっ〟と気付いたみんなが一斉に立ち上がりカインの後ろに並んだ。そして、お代わりを貰いすぐさま再び掻き込むように食べる。そして〝はぁーっ〟とため息を付き、そして再びお代わりに並んだ。三杯も食べた従業員達はお腹を大きく膨らませて満足そうに笑っていた。

「まったく、お前達いくら美味しいからって動けなくなるくらい食べるなんて。うっぷ」

「お前こそ食べすぎだぞ、ガルド」「お前こそ！」「「わはははは ぁ」」

ガルドとゾーンが互いに言い合って笑っていた。そんな二人を見てカインと調理班はにっこり笑い合うのだった。その後、少し長めの休憩を取り従業員達は意気揚々と次の作業に取り掛かった。

「それじゃ、次は選別したツツジの実をこれでパン種の様になるまですりつぶして」

カインはそう説明して【土魔法】で作ったすり鉢とすりこ木を指さす。使い方が分からなく、すり鉢に入れたツツジの実をすりこ木で上から叩きつぶしていた。

カインはバルビッシュにすり鉢を押さえて貰い、ゴリゴリとすりこ木を回してツツジの実をすりつぶす。その様子を見ていた作業員達は見よう見まねで同じようにゴリゴリとすり始める。一時間位かけてゴリゴリするとツツジの実はすりつぶされてねっとりとする。

「次は、この蒸し器で蒸すから二鉢分を一個にいれてね。一時間位蒸さないといけないから蒸し始めたらまた、すりつぶすのお願いね」

カインがそう言うと従業員達は「はい」元気よく返事をした。

一時間後蒸しあがったツツジの実を布ごと取り出す。まだ湯気がもうもうと立ち上がる蒸しあがったばかりのツツジの実を臼のような入れ物にいれ、重しをどんどんと重ねていく。臼のような入れ物には中ほどに穴が開いており、琥珀色の油が伝って出てきた。

「やったー、成功だ！」

カインは出てきたツツジの油を小皿に取り匂いを嗅ぐ。ツツジの油からは地球の頃によく食べていたナッツのような香りがした。そして一口舐めると口いっぱいに香ばしい香りが広がった。

「美味しいっ！、やば、美味しすぎる」

カインがそう大きな声で言うとバルビッシュ、ガーディ、ララ、サーシャ、ガルド、ゾーン、そして従業員たちがこぞって味見をする。そして、大きな声で「「美味しいっ！」」と叫んだ。

カイン達はどんどんツツジの実を蒸しては絞るを繰り返し、夕日にあたりが染まる頃には中樽にいっぱいのツツジ油を採る事が出来た。石鹸の製造錬金窯に入れる為の量を無事に確保できたカイン達は全員が満面の笑顔で樽に入っているツツジ油を見る。

「ゆっくり、ゆっくりねー。こぼすと大変だから……はい、大丈夫」

カインの掛け声で〝石鹸の製造錬金窯〟に昨日採取したツツジ油を作業員の女性が入れていく。今日は材料を〝石鹸の製造錬金窯〟に入れるだけの作業の為、今まで同様に女性作業員だけで行っている。作業場所は領主の館の女性風呂の脱衣所だ。成功すると結構注目を集める可能性があるので、領主の館でそれも最小の人数でとなった。

『いくら秘匿度が高いと言っても何故に女性風呂の脱衣所で⁇　リディア母さまのアドバイスだから素直に聞いたけど……？　なぜ？』

カインはツツジ油の石鹸づくりをわざわざこの場所で作るように指示したリディアの意図が分からず、知らず知らずに首が傾いていた。

「カイン様、そんなに不思議ですか？　リディア様が女性風呂の脱衣所で作業するように言われたのが？」

ララがカインの後ろから優しい声で声を掛けてきた。カインは油断していたため、全くララが背後に居る事も声を掛けられるまで顔が近くにある事にも気づけなかった。

「ぅわ、ララ。びっくりするじゃないかぁ！」

カインは大きく身体をビクッとさせて一歩離れると顔を赤らめて抗議をする。ララは全く気にすることなくニコニコと笑顔でカインを見つめ、理由の続きを教えてくれた。

「ツツジの実から油が取れる事もそうですが、作られる石鹸が美容に良いかもしれないなんて商人や貴族の女性に知られてしまったら大変ですからね。此処であれば、領主の館に入り込む事は難しいですし万が一入り込めても女性風呂の中を覗く事は出来ませんから。フフフ」

ララがとても良い笑顔で笑っている。カインは以前雇われたばかりの男性が女性風呂を覗こうとしてトラップにかかってしまい、宙づりにされ他のトラップで袋叩きになっている姿を思い出していた。カインも「そぉうだよねぇ」と返事をする事しか出来なかった。

カインとララがじゃれている間に他の材料の木炭、上薬草、ハチミツそしてツツジの花を作業員の女性達がこぼさない様に〝石鹸の製造錬金窯〟に入れていた。この材料達は今までの石鹼づくりのノウハウが詰まっていた。リリスに教えて貰ったレシピでは、石鹸づくりに必要な材料は油、灰と香りづけの薬草の三つだけだった。しかし説明書には最大五つの材料を入れられる事、油や灰についてはどの油とか、灰とかの指定すらなかった。

そんな訳で、サンローゼ領で沢山作った第一号の石鹸の主材料の油には獣脂を使ったのだ。でも獣脂だとやはり独特の臭みが消せずに色々と匂い消しの薬草を入れてみた。中でも面白かったのは肉の臭みを消せるものとして使うジンジャーや長ネギに似た薬草を使えたことだった。最終的に獣脂の匂い消しにはジンジャーとローズマリーのような香りの薬草を配合した。

「カイン様、なぜ今回はハチミツを材料に入れたの？　ベトベトして石鹸として使えないんじゃない？」

サーシャが投入された〝ハチミツ〟に気付き、カインに質問をしてきた。

「ハチミツにはね、保湿効果と抗菌効果があって、今回の石鹸には保湿効果を付け加えられないかと思ってね。ちなみに木炭は消臭と汚れ吸収も狙っての事だけど。これも出来上がってみないと分からないけど……」

「そんな事言って、かなり自信ありなんでしょう？」

「まぁね、今までの経験から結構上手く行くと思うんだ。ただツツジの花の香りがちゃんと付くかは五分五分かな？　だから少し多く入れてみたんだ」

カインが最後に投入されているツツジの花を見ながら呟く。サーシャはにっこり微笑みながら「大丈夫、きっとうまくいくわ」と元気づけてくれた。

「カイン様、材料の投入終わりました。お願いします」

石鹸づくりのリーダーに任命した羊の獣人であるソーニャがカインに最後の仕上げを言いに来た。

「ありがとう、了解」と返事をして〝石鹸の製造錬金窯〟に魔力を注入し起動させた。魔力を注入し起動すると錬金窯は小さな振動を発生させた後、中で何かが回っている音が鳴り始まる。二〇分程音が鳴り続け隙間から光がピカッと漏れて静かになった。魔力を注入した魔石が青く三回光って消えると出来上がりだ。

「よし、終わったみたいだね。蓋をゆっくり開けて出来ているか確認してみて」

カインがソーニャにそう指示すると「はい」と返事をしてゆっくり錬金鍋の蓋を開ける。蓋を開けると中からツツジ（ツバキ）の花の良い香りが漂ってきた。

「カイン様、成功です。十五個の石鹸が出来上がっています！」

ソーニャがとても嬉しそうに、にっこり微笑み成功したことを報告してくれた。カインは「ヨシ！」と呟き小さくガッツポーズをとった。

ソーニャはとてもニコニコ顔で〝石鹸の製造錬金窯〟から出来上がったばかりの石鹸を取り出し、

側にいる他の従業員の女性に渡す。受け取った女性従業員も出来上がったばかりのツツジ（ツバキ）石鹸の香りを楽しんでからカインの前に並べる。

「はぁー、良い香りだね。さてさて出来上がりはどうかな？」

カインは解析の眼鏡を取り出し出来上がったばかりの石鹸の品質を確認する。

「おぉぉー、すごい。

ツツジの石鹸：高品質、泡立ちA、保湿力A、洗浄力A、回復力A
凄いな、高品質でオールAの判定だよ。最初の三つは分かるけど回復力っていうのがファンタジーだよね」

カインは解析の結果を見て驚き、最後の方の内容については小声で呟く。カインが気まぐれで入れ始めた薬草の効果が石鹸の効力として表示されるようになった。使い続けると回復力B以上で手荒れなどが良くなる。

農作業をしていると細かな傷が出来たり、水作業で手が荒れてくるが、薬草を混ぜた石鹸を使うと手荒れが良くなったと作業員から意見が上がった。カインが解析の眼鏡で見ると回復力の項目が増えていて、それ以降材料に加えるようになった。ちなみにとても好評である。

「ハチミツの効果も出ていますか？　最初材料に入れると聞いた時は正直勿体ないと思いました。どうです？」

「予想通りだったよ、保湿力もAだったよ。この石鹸で洗うとプルプルの肌になるかもね」「えっっ、本当ですかっ！」

カインが言い終わる前に食い気味で女性従業員達がカインに詰め寄る。カインは引き気味で頭を高速で縦に振った。

「はいはい、興奮するのは分かりますが、それ以上は不敬に当たりますよ。ソーニャもいつまでも石鹸の香りを楽しんでないで石鹸の加工を始めなさい。三つ残して十二個を加工するように。早く仕上げてリディア様に献上しなければなりませんからね」

ララが興奮している女性従業員達を穏やかであればしっかりと諫める。「「はい」」と姿勢を正し作業に移って行った。

「ありがとう、ララ。美容に関しては意気込みが違うよね。喜んで貰っている様で嬉しいけどね」

「女性はいつでも美しくありたいのです。カイン様が作られた石鹸は国中の女性を笑顔にする素敵な発明なのですよ」

ララはフフフととても優しい目でカインを見つめていた。「あ、ありがとう？」照れ隠しをしながら感謝を伝えて加工作業をしているソーニャ達の所へ駆け寄った。

ソーニャ達は、地球にいた頃のリンゴのスマートフォンぐらいの大きさで厚さ四cmの長方形の出来立ての石鹸を、バルビッシュが作った特殊な道具で角を削りにゅーにゅー石鹸の様な形にしていく。削った石鹸は集めてビジネスホテルの石鹸位の大きさに成形して、試供品として屋敷のメイド達に配られている。

ちょっとした福利厚生と石鹸の販路拡大だ。ソーニャ達の手で加工された石鹸にカインが【魔法陣魔法】でサンローゼ領の略貴章を写していく。【魔法陣魔法】で描く事で石鹸を使っても略貴章が消えなくなり、良い宣伝と転売防止になっている。

「カイン様？　ここに残した三つはどうされるのですか？」

「ああ、それはせっかくのツツジ（ツバキ）石鹸の第一号だから半分で悪いけどサーシャ達で使って。もちろん次に生かすための感想を教えてもらう事が条件だけどね」

ウィンクをしながらカインがそう女性達に伝えると喜びの声を上げた。

加工が終わった石鹸は木箱に入れられ、ララに渡された。

「みんな、お疲れ様。今日はこれで作業終了だから帰ってくれていいよ。明日もよろしくね……さて、出来上がったばかりの石鹸は早速リディア母さまに持って行こうっと」

カインはリディアの喜ぶ笑顔を思い浮かべながら、鼻歌を歌いながら作業に使った道具をマジックブレスレットに収納した。

夕食を食べ終わり、カインは自室でデザート用に用意されたオランジのショートケーキをララが入れてくれた香茶と一緒に楽しんでいた。

「オランジの酸味と生クリームの甘みが絶妙でめっちゃくちゃ美味しい。ロイド料理長は最強だね。でもそろそろ禁断のあのデザートをお披露目かな⁇」

カインが次に広めるデザートの事を妄想していると扉をノックする音が聞こえた。ララが扉の前にいつの間にか移動して扉をゆっくりと開けていた。

『あれ？　僕、まだ入室の許可を出していないんだけど誰かな？』

「カインっ！　カイン！」

リディアがお風呂上りのまま直接来たのか、毛先がまだ濡れたままの状態でカインの部屋に飛び込んでくる。

「リディア母さま？　どうしたのですか？」

ふんわりとツツジの花の香りを纏ったリディアがカインを抱きしめに来る。〝セントウの実〟を食べて二〇歳若返ったリディアは、以前よりボリュームの増した胸部でカインを窒息させる勢いで抱きしめた。

『ああ、とても幸せな感触だけど……い、息が……』リディアに抱きしめられ幸せを感じつつも命の危険が増してきていた。「か、かあさま、い、息がで、できな……」

「ああ、ごめんなさいカイン。嬉しすぎて思いっきり抱きしめてしまったわ。ごめんなさいね」

リディアは慌てる事なくカインからそっと離れ、そう呟くとカインのおでこにキスをした。

「ふうぅ、いったいどうさなれたのですか？」

「どうされたって、もう。あなたは自分がした事の凄さにいつも無頓着ですね。先程あなたがくれた石鹸を早速使ってみたのです。そしたら見てください、この肌のツヤとハリを！　前に頂いた石鹸も素晴らしい物でしたが今回の石鹸はそれ以上です！」

リディアがツツジの石鹸の使用感を熱っぽく語ってくれた。お風呂上りなのかいつもより頬に赤みがあり余計に艶っぽく見える。

「それは、良かったです。リディア母さまにそんなに喜んで貰えたなら作った甲斐がありました。そうだ、次に作った時はいくつかアリス姉さまに送ってあげよう。いいですよね？」

「もちろんいいわ。アリスも年頃ですからきっと喜ぶわ。それと、お祖母《ばあ》様にもおすそ分けをして差し上げてね。きっと喜ぶわ。フフフ」

リディアは口に手を当ててコロコロと微笑む。そしてまだ髪を乾かし終わっていないのを思い出し、カインにもう一度「ありがとう、おやすみなさい」とおでこに再度キスをして部屋に戻って行った。

「カイン様、リディア様に喜んでいただけて良かったわね」

サーシャがカインの側に寄ってきて呟いた。

「あれ？ サーシャもツツジの石鹸使ってくれたんだ。ツツジの良い香りがするね。もう少し濃くてもいいかもね。サーシャはどう思う？」

カインが匂いを嗅ぐために首に近い所へ顔を持っていき、匂いを嗅ごうとする。サーシャが急に後ろに飛びのいたので目をぱちくりする。

「い、いきなり近づくんじゃないわよ。それにパートナーでもない女性の匂いなんて嗅ぐものではないわ!!」

サーシャは顔を真っ赤にしながら、どもりながら注意をする。カインは素直に「ごめんなさい」と謝った。「もう、謝るんじゃないわよ」とサーシャが小声で反論していたが、カインは食べかけのケーキのほうに注意がすでに向いていて聞いていなかった。

ガーディ、バルビッシュ、ララがそんな二人のやり取りを見てお互いの顔を見合い、小さく笑っている。

「して、カイン様。あのツツジの石鹸は月にどのくらい生産して販売するのですか？」

バルビッシュが石鹸の今後の生産と販売計画をカインに質問して来た。

「えっ？　販売計画？　販売する事なんて全然考えてなかった。どうも獣脂の石鹸をリディア母さま達が使っているのが気になって作っただけだったから。売れるかな？」

「「「はぁー、カ・イ・ン・さ・ま」」」ガーディ、バルビッシュ、ララの声がハモり、サーシャがこめかみに指をあてて首を振っている。

「リディア様のあのお喜びようを思い出してください。このツツジの石鹸は上位貴族の婦女子様達が必ず欲しがる一品ですよ。売れすぎて生産が追い付かない未来しか思いつかないです」

バルビッシュが疲労をにじみ出しながら答えた。

「えっ？　マジで？」

カインは目を大きく見開いてびっくりするのだった。カインは久々にやりすぎてしまったかもと反省をするのであった。その後、リディアがツツジの石鹸を屋敷のメイド達に自慢し配ったのでサンローゼ家のメイド達が使用した。当然、メイド達にも好評で直ぐに追加生産のお願いがされて、しばらくカイン達はゴリゴリとツツジの実を潰す日々が続いたのだった。

5章
3回目の年越しの日

冬が目の前に迫り冷え込みが一段と厳しくなってきた朝もやが残る早朝、王立学院の訓練場では二つの影が奏でる剣戟の音が響いていた。主に小さな影が大きな影に向かって攻撃を行っているが、大きな影は最小の動作で小さな影の攻撃をいなしていた。

その後二、三合の攻撃の後、小さな影が大きく距離を取り、沈み込むような体勢から一気に距離を詰めたかと思うと直前で左に回り込み、飛び上がり上段から攻撃を仕掛ける。大きな影は右足を引き方向を変え上段からの攻撃を剣を立てていなした。

体重を乗せた攻撃をいなされた小さな影はバランスを崩し、しゃがんだ体勢で着地を行う。大きな影が小さな影の首に剣を振り下ろし、当たる直前で剣を止めた。

「まいりました、スカーレット姉さま」

「今の攻撃は中々よかったぞアリス。ただし攻撃に体重をかけすぎだ」

スカーレットはアリスに訓練の反省点を伝える。アリスは小さくうつむき「はい」と返事をする。

「そんなに、気を落とすな。入団時に比べたら格段に成長している。一年生で私に剣を使わせるのはアリスくらいのものだ」

スカーレットは落ち込んでいるアリスの頭を撫で元気づける。アリスは悔しい気持ちを必死にこらえて笑顔を作り「頑張ります」と返答をするのだった。

「おはようございます、団長、アリス。いつもアリスをご指導いただきありがとうございます。しかし、朝訓練の前より早くに自主練を団長に願い出るなんてどこを目指しているんだい、アリス？」

手合わせを距離を取って途中から見守っていたクリスが朝の挨拶をしながら近づいてきた。

「クリスお兄様、おはようございます。どこを目指しているなんて、スカーレット姉様に決まっているじゃないですか！」

クリスの問いにアリスは顔を近づけて抗議をする。急に妹《アリス》の顔が近づいてきたのでクリスは上体をそらして横を向きスカーレットに助けを求めた。

「目標にして貰えるのは嬉しいが、私などまだまだだぞ。王都騎士団にはアリスの兄上のアーサー殿を含め私など足元にも及ばない方々がそれこそゴロゴロいらっしゃる。目標にするならそういう方々にするべきだ」

「良いのです！　そんな雲の上のような見えない方々を目標にするより、目の前のスカーレット姉様がいいのです。それにスカーレット姉様だってどんどん強くなっていかれるのですから、スカーレット姉様を目標にするのが一番いいのです」

アリスはスカーレットの指摘に少し興奮ぎみで抗議を行う。スカーレットは少し照れながら「ありがとう」と呟き、再度アリスの頭を撫でる。アリスは猫のようにスカーレットの手に頭をこすりつけるのだった。

「で、クリス兄様？　朝訓練にはまだ時間がありますがどうされたのですか？」

スカーレットの手の感触を一通り楽しんだアリスがクリスに問う。

「そうだった、これが昨夜僕の所に届いてね。朝訓練前に渡そうと思って早起きしてきたんだ」

クリスはそう言いながら背負っていたカバンから小包と手紙をアリスに手渡した。受け取ったアリスは手紙の差出人の所を読み「あ、リディア母様からだ」と呟いて手紙の封を切り読み始めた。「ええっ……またっ……もうっ」とアリスは呟きながら手紙を読むと、小包を開けて中の木箱一つスカーレットに手渡した。

「スカーレット姉様。弟のカインが作った石鹸です。お使いください。お肌がつるつるになると母の保証付きです」

「アリスご自慢の弟君だな。王立学院入学前に石鹸まで作ってしまうなんて、非凡な才能を持っているのだな」

スカーレットが目を細めて言うと、アリスは「カインはすごいんです」と胸を張る。それを見ていたクリスはあーあと頭を振った。

「そうだアリス、今年の年越しの休暇の時に遊びに行ってもいいか？」

「えっ!!　本当ですかっ！　もちろんですっ！」

「ちょ、ちょっと待ってアリス。団長もそんな簡単におっしゃらないでください。それに年越しの休暇にご実家に帰られなくていいのですか？　ご家族の方々が楽しみに待っておられるのではないですか？」

クリスがびっくりしながらスカーレットに進言する。

「大丈夫だ、手紙で連絡するし。それに今はあまり帰りたくないのだ。先日帰郷した時に父上と揉めてな……そんなわけで、よろしく頼む」

クリスが大きなため息をつく横でアリスは飛び上がりながら喜んだ。スカーレットの来訪を心の底から喜んでいるアリスのために、クリスは王都にいるアーサー、ベンジャミンに連絡をし、ルークとリディアへ手紙を送るなど調整に奔走したのだった。

年越しの日まであと三週間を切った今日、王都王立学院の正面エントランスには年越しの日を自宅で過ごす生徒達が多く集まっていた。毎年多くの生徒達が帰省するため、迎えに来る関係者もそれに比例し多くなるため、十数年前から分単位のスケジュールが組まれており、スムーズに乗り込みが行えるように王立学院の警備員が整理を行っている。

「毎年のことながらすごいよねー。今までは駅馬車で帰っていたからいつも遠目に眺めていただけだったけど、実際に並ぶとすごいね」

「皆様、とても規則正しく並ばれるのですね。流石は王都王立学院生徒です」

クリスとアリスが順番待ちの列に並びながら、大きな問題もなく順番通りに迎えの馬車に乗り込む生徒達を見てつぶやく。

「そんな事はないぞ。毎年最初の一、二日だけだぞこんなに整然としているのは。三日目くらいから王都近くの上級貴族の子弟達の番になると色々問題が出てくる。一時間遅れなどざらだな」

スカーレットが二人の呟きにため息をつきながら付け加える。クリスとアリスはスカーレットのコメントにびっくりしながら周りを見渡し確かに今日は子爵、男爵の子弟ばかりだと気づいた。三人は大人しく列に並び順番を待っていると木板を持った警備員が近づいてきた。

「失礼します。王立学院警備部アルダックと申します。サンローゼ家の皆様でしょうか?」

警備部のアルダックと名乗った青年がクリスに質問をする。クリスは「はい」と返答し次の質問を待った。

「ありがとうございます。三名様でお荷物は五つと伺っておりますが間違いないでしょうか？」

アルダックが木板に張り付けている用紙を見ながら確認を行う。クリスは事前に預けている荷物の半券を数え「間違いないです」と返答を行う。アルダックは「ありがとうございます」と返答し、クリス達の後ろに並んでいるグループの確認に移動した。

「クリス兄様？　今日は、お祖父様《じい》の王都のお屋敷に行って、明日サンローゼ領に出発でしたよね？」

「うん、そうだよ。お祖父様《じい》の所でアーサー兄とベンジャミン兄と合流だね。それともう一人のお客様もね」

「えっ？　もう一人のお客様ってどなたですの？」

アリスが今初めて聞いた〝もう一人のお客様〟という言葉に反応して問い正そうとするが、サンローゼ家の馬車が到着し、御者台よりランドルフが静かに下りクリス達に挨拶をする。

「クリス様、アリス様。お久しぶりでございます。お迎えに上がりました。後がつかえておりますので恐れ入りますが、ご挨拶はシールズ辺境伯のお屋敷で改めてさせていただきます。まずは馬車にお乗りください」

ランドルフが挨拶も早々にクリス達を馬車の中へ促すが、アリスとスカーレットが乗り込む時はエスコートを忘れない。三人が乗り込み、警備員達が荷物を屋根に乗せたのを確認すると、再び御者台に戻ると手綱を一振りし、馬車を発進させる。

三人を乗せた馬車がゆっくりと王立学院の門に向かって走っていく。アリスは一年間過ごした王立学院の建物が小さくなっていくのを見て、少しまた戻ってこれるだろうかと一抹の不安を感じた。そのアリスの頭をスカーレットが撫で「大丈夫だ」と優しい声で伝えた。

王都の街中をシールズ辺境伯の屋敷に向かって静かに進む。王立学院に一年滞在していたが、あまり王都内を出歩かなかったアリスは少しの間車窓から見える活気ある街並みを楽しんでいた。

「クリス、サンローゼ家の家人は全員、前にいる執事の様に強いのか?」

スカーレットが声を抑えてクリスに尋ねた。

「うーん、ランドルフが飛び抜けてはいますが、大深森林《だいしんしんりん》があるのでそれなりの強さを持っていますね」

「ほう、噂に伝え聞く大深森林《だいしんしんりん》か……滞在中に行ってみたいな」

「おお、それはありがたい。今年はお客様が多いので年越しの日の前に兄達と狩りに行く予定でして、有難い限りです」

「変わったもてなしだが、楽しみだ」

スカーレットはクリスの提案に目を細めて微笑みながら呟いた。

馬車は王都の商業地域を過ぎ、貴族街の門をくぐると一段と速度を落として走る。しばらくゆっくり走ると馬車が一つの屋敷の門をくぐり、車止めの道を進み停車した。停車後、一呼吸を置いて静かに馬車の扉が開かれると「「「いらっしゃいませ」」」と数十人の綺麗にそろった声で出迎えられた。

アリス、クリス、スカーレットの順で馬車を降り、玄関までの間のメイドや執事達が並んだ道を進む。玄関の前には叔父のウィルと叔母のディアナが出迎えてくれた。

「本日はお招きいただき大変ありがとうございます。カタルーニャ伯爵家 三女 スカーレット＝カタルーニャです」

スカーレットはウィルとディアナの前に進み、優雅なカーテシーで挨拶をした。

「ご挨拶ありがとうございます、自分はシールズ辺境伯 嫡男 ウィリアム＝シールズです。こちらは妻のディアナ＝シールズです。姪のアリスが大変お世話になっていると聞き及んでおります、妹に代わり御礼申し上げます。何もない所でございますが、今夜はお寛ぎいただけますと幸いです」

ウィリアムとディアナは笑顔で返礼し、スカーレットを応接室に案内するようにメイドに指示を出した。スカーレットはメイドに案内されて、そのまま屋敷の中へ入っていった。

「ウィリアム叔父上、ディアナ伯母上。お久しぶりでございます。この度は我らとカタルーニャ様の滞在を快くご了承いただき大変ありがとうございます」

「ウィリアム叔父上、ディアナ伯母上。お久しぶりでございます。本日はお招きありがとうございます」

クリスは騎士の様式、アリスは令嬢の様式で挨拶をした。この一週間練習を重ねた成果か、流れるような所作で挨拶が行えたアリスは心の中でどや顔をする。

「クリス、アリス。今日はよく来てくれた。さあ暖かい屋敷の中に入ろう」

ウィリアムはそう言って二人を屋敷の中へ導き、扉が閉まるとくるりと向きを変えて二人を改めて見て笑顔になる。

「二人ともとても奇麗な挨拶だったよ。クリスは立派な騎士だな。それにアリスはいっぱい練習したのかな？」

「アリスちゃんはいつ会っても可愛いわ。抱きしめたいっ！」

ウィリアムとディアナは玄関の扉が閉まるとクリスとアリスを順番に褒め、ディアナはアリスを宣言通り抱きしめた。クリスとアリスは二人の変わりように頭がついていかず固まっている。

「今日はお客様も居たし、王都だと誰が何処で見ているかわからないしね。可愛い甥と姪を心の赴くまま可愛がりたいのに、歯がゆくて嫌になるね。早くシールズの街に戻りたいよ」

ウィリアムがクリスとアリスの頬をぷにぷにとつつきながら呟く。

「叔父上、自分はもう小さな子供ではないのですからっ、いいかげんおやめください」

ウィリアムのぷにぷに攻撃から逃れながらクリスは反論する。アリスは久々のスキンシップに目を細め身をゆだねていた。

「ディアナ、クリスが反抗期だ。……ごめん、ごめんちょっと調子に乗ってしまったね。この所私もディアナも忙しかったから元気を充填したくてね。さて、父上が首を長くして待っているから応接室に向かおう。アーサー達もすでに到着済みだよ」

クリスの態度に肩を落として残念がった後、クリスがプルプル震えながら怒っているのを見て揶揄ったのを謝罪した。そして、シールズとアーサー達が二人を待っていると伝えた。

「お祖父《じい》様もいらっしゃるのですね。うれしいです。」

「お義父様もアリスと会えるのを本当に楽しみにされているわ。だからいつもの〝あれ〟をしてあげてね。じゃないととても悲しまれると思うから……」

「えっ？　〝あれ〟をですか？　でも、スカーレットお姉様が……わ、わかりました。やりますっ！」

アリスがディアナからの頼まれ事を聞き驚き少しもじもじと葛藤をしていたが最後には〝やる〟と宣言をした。クリスは〝あれ〟とは？　と考えていたが、ウィルに背中を押され応接室に向かった。

執事が応接室の扉を開けると応接室のソファーにはシールズ辺境伯、アーサー、ベンジャミンとスカーレットと初めて見る女性が応接室のソファーに座って歓談していた。アリス達は応接室に入り、まずはシールズ辺境伯へ挨拶をする。


「シールズ辺境伯、お久しぶりです。お変わりありませんでしたか？」

「お祖父《じい》様、お久しぶりです。お元気でしたか？」

クリスとアリスが順番にシールズ辺境伯に騎士の礼とスカートの端を少し持ち上げるカーテシーで挨拶をした。

「うむ、うむ。二人共息災の様で安心した。じゃが……スカーレット嬢、すまぬが少しだけ目を瞑って頂けると嬉しい」

シールズ辺境伯はクリスとアリスの返答をした後、徐に席を立ちながらスカーレットへ謎のお願いをするとソファーの横へ立つ。スカーレットは特に考える事も無く「承知しました」と答え素直に目を瞑った。それを見た他の者達は『いやいや、そう言う意味じゃない』と思いつつ、シールズ辺境伯を見守る。

ソファーの横へ立ったシールズ辺境伯は手を広げ少しだけ重心を落としニッコリと笑う。

「アリスっ！」

「お祖父《じい》様っ！」

シールズ辺境伯がアリスを呼び、それに応える様にアリスが返答すると全速力でシールズ辺境伯へ駆け寄り、数歩手前からジャンプし飛びつく。シールズ辺境伯は飛び込んでくるアリスを大きな胸で受け止め、衝撃を逃がす様にアリスを抱えながら一回転しお姫様抱っこをした。

「ははは、少し力が付いた様じゃの。元気で何より。一年見ないとこんなにも成長する物なのだな。嬉しい反面、少し寂しいの……」

二人以外の応接室にいた兄弟達は突然始まったおじいちゃんと孫の少し激しいスキンシップに唖然としていた。

「お祖父《じい》様もお変わりなく、アリスは嬉しいです」

お姫様抱っこされたアリスは抱かれた猫の様にシールズ辺境伯の胸で丸まる。しばらく祖父と孫娘のスキンシップを二人は楽しみ、徐に周りを見て何もなかった様に離れた。

「スカーレット嬢、ありがとう。もう目を開けていただいて大丈夫じゃ」

ソファーに座り、居住まいを直しながらまだ目を瞑っていたスカーレットに声を掛けた。スカーレットは短く「はい」と返事をして目を開けた。

応接室には何とも言えない空気が流れていると、執事がシールズ辺境伯の横に立ち、ソファーに座っているアーサー達に一礼をする。

「お館様、恐れ入りますが食堂の方にお茶の準備が整いましたので移動をお願いいたします」

シールズ辺境伯は「うむ」と頷き移動を開始した。執事はアーサー達にもお願いし移動を促す。

アーサー達は理解が今一追いつかないという表情で食堂に移動した。

アーサー達が食堂に入ると、シールズ辺境伯はすでに円卓に座っていた。シールズ辺境伯はアリスに向かって隣に座る様にと手招きをする。アリスは少し小走りにシールズ辺境伯の隣の席に移動し座る。

「アーサー、何をしておる。円卓を用意したから遠慮なく座るのじゃ。スカーレット嬢はアリスの隣にお願いするのじゃ」

スカーレットはここでも「はい」と短く返事をして大人しく座った。全員が席に着くとメイド達が部屋に入ってきて香茶とショートケーキを配膳していく。

「さぁ、食べようかの。カインからレシピを教えて貰ったショートケーキじゃ。お代わりもあるから遠慮なく食べて欲しい」

シールズ辺境伯がショートケーキを食べ始めるとアーサー達も続いて食べ始めた。ショートケーキを食べた事があるアリスは『美味しい』と満面の笑みで食べ続ける。しかし、他の参加者たちは一口食べると目を見開いてびっくりした後、凄い勢いで食べ進めた。

あっという間に食べ終わり名残惜しくしていると、アリスがメイドにお代わりを頼んでいるのを見て全員がお代わりを頼み存分にショートケーキを堪能した。

「よし、皆も落ち着いたところでアーサー、皆に紹介をするのじゃ」

ショートケーキを食べ終わり、香茶を飲み干したシールズ辺境伯がアーサーに促したのだった。

「えー、あー、ゴホン。こちらはマギー＝ラインハルトさんだ。ラインハルト伯爵家の四女で私の婚約者だ」

アーサーがマギーを兄弟達に紹介をする。シールズ辺境伯達はすでに知っていたのか〝うんうん〟とうなずいていた。

「皆さん、初めましてマギー＝ラインハルトです。ご縁がありましてアーサー殿とこの度婚約と相成りました。どうか末永くよろしくお願いいたします。ベンジャミン殿とは王立学院で何度かご挨拶させて貰いましたが、クリス殿、アリス殿とこの移動中に仲良く出来ればと思っています。よろしくお願いいたします」

マギーが席を立ち微笑みながらゆっくりと自己紹介をする。

「「「よろしくお願いいたします」」」

ベンジャミン、クリス、アリスも同じく席を立ち挨拶をする。

「マギー殿、どうか私達兄弟は気軽に敬称無しでお呼びください。サンローゼ家は子爵を陛下より賜っておりますが小さな領地です。家族はもちろん家人達とも距離がだいぶ近いのでどうぞ気軽にお願いします」

ベンジャミンが三人を代表してマギーにお願いをした。

「ありがとうございます、ベンジャミン殿、いえ、ベンジャミン。私も気軽にマギーとお呼びください」

「マギーさん。うーん、マギーお姉様……マギー姉さんでいいですか？」

クリスが何度かマギーの名前を呼びながら確認をする。マギーは「マギー姉さん」で良いと答えた。

「私は、マギーお姉様とお呼びさせてください。これから色々教えていただけますか？　マギーお姉様？」

アリスもマギーの呼び方について質問とお願いをすると、マギーからは「もちろん」と返答が返ってきた。

アーサー、マギー、ベンジャミン、クリス、アリスが呼び方などを楽し気に話し合っていると、一人だけ蚊帳の外にいたスカーレットがおもむろに挙手をする。その挙動に驚いた一同がスカーレットを見つめる。しばらくの変な間が続く。

「えーっと、団長どうぞ」

クリスが我慢が出来なくなり、スカーレットに発言を促す。

「ありがとう、クリス。ご兄弟で歓談中申し訳ないのだが、私も輪に加えていただきたく。どうか私もスカーレットと呼んで貰い、輪に入れていただけないだろうか？」

「「「もちろんです（わ）」」」

アーサー達の声がハモリ返答をする。それに驚き一斉に笑いが起こった。シールズ辺境伯達は優しくアーサー達を見守るのであった。

午後のお茶が終わりシールズ辺境伯達は執務に戻っていったが、アーサー達はそのまま食堂に残り夕食までの時間、マギー、スカーレットを加えたサンローゼ家兄弟達は二人の馴れ初めから、アーサーの昔話まで色々な話をして親睦を深めていた。

アーサーとマギーの馴れ初めは、アーサーが試験勉強を王立学院の図書館で歴史の課題レポートで悩んでいた所をマギーがサポートした事が始まりであった。マギーには、大きな体を小さくしながら騎士課のアーサーがレポートと格闘している姿が可愛く見えたそうだ。

アーサーは当時歴史が苦手だった自分に、順序立てて丁寧に何度も教えてくれるマギーの横顔に惚れたと白状した。

普段見せないアーサーの一面を知り、兄弟達は揶揄いつつも大いに祝福の言葉を贈った。それを聞いていたスカーレットは『図書館は出会いの場でもあるんだなぁ』と考えながら終始笑顔で話を聞いていた。まだまだアーサーとマギーの話は尽きなかったが、夕食の時間が近づき執事からの「そろそろ、夕食のお着替えを」と言う案内に従い、それぞれ着替えに部屋に戻った。

「はぁー、しかしアーサー兄に恋人がいたなんて気づきもしなかった……ベン兄は知っていたの？」

「うすうすはね、でも貴族同士だしいくら王立学院に通っている期間とはいえ、婚約でもしていない限り公には出来ないからね」

ベンジャミンは普段は着ないよそ行きの貴族服のカフスボタンを止めながらクリスとの会話に答える。クリスも同じようによそ行きの貴族服に着替えベッドに横になっていた。

「ふーん、そうだよね。アーサー兄は嫡男だし余計にか。騎士団に入ったら出会いも少なそうだしなぁ……つくづくうらやましい」

「そうなのかい？　最近メキメキと学生騎士団で実力を上げているって聞いたから、恋文の一つや二つ貫っていたりしないのかい？」

「ぜーんぜん、この前なんか放課後の教室に呼ばれたから期待して行ったら、同室のケインに渡して欲しいと言われたんだ……」

「それは残念だったね。ちゃんとケイン君には渡したのかい？」

「もちろん。友人の幸せは嬉しいからね。あー、アーサー兄やケインにも素敵な出会いがあったというのに、俺にはないんだ……女神様は不公平だ。一体大きな体で勉強している姿のどこが可愛いんだ！　あーもう剣に生きようかな⁇」

「ほうほう、そうかそうか、クリスは剣に生きるのかぁ……よし、サンローゼ領に戻るまでの道すがらみっちり騎士団の新人訓練をつけてやるぞ」

「あっ、アーサー兄⁉　いったい何時からそこに？」

クリスは突然のアーサーの返答にびっくりし、ベッドから飛び起き青ざめながら問いかける。

「ああ、少し前だな。ケイン君への手紙をって所だ。騎士団仕込みの稽古だから騎士団に入団希望のクリスにはちょうど良い」

アーサーは「先に行く」と言い残し食堂に向かった。

「クリスはもう少し気配を読めるようになった方がいいね。これも経験さ、頑張るように」

ベンジャミンはさわやかにクリスの改善点を言い放ち、食堂に向かっていった。クリスはベッドからずれ落ち、両手両ひざを床に付き十人が十人騎士団の新人訓練は地獄だという言葉を思い出していた。

絶望を引きずりながらクリスが食堂に向かうと、シールズ辺境伯以外は全員席に着いていた。お茶会の時とは異なり四角い長テーブルが用意されていた。席順はシールズ辺境伯が上座にスカーレットとマギーが招待席に案内されていた。クリスが席に着き少しするとシールズ辺境伯が現れ静かに席に着くとメイドたちが夕食を配膳し始める。

明日の出発が早いアーサー達の為に料理が一度に運ばれる形式の夕食だった。メインは白いチーズがハンバーグの上に乗っていて、とろけたチーズと一緒に食べるハンバーグは全員の目をとろけさせていた。ハンバーグを初めて食べたであろうスカーレットとマギーは上品に食べてはいるが、みるみる内にハンバーグが無くなっていたので気に入ったようだった。

「お嬢さん達もハンバーグを気に入っていただけたようで良かった」

夕食が終わり、食後のデザートと香茶もしくはワインを楽しんでいる時にシールズ辺境伯がスカーレットとマギーに話しかける。

「はい、とっても美味しかったです（わ）」

スカーレットとマギーは先ほど食べ終わったハンバーグを思い出してか、頬を緩めながら返事をする。

「それは、良かった。それではこれから行かれるサンローゼ家での食事は期待していると良い。ハンバーグを広めたアーサー達の末の弟が沢山美味しい物を用意していると思うからの。そうだ、アリス。カインからの伝言じゃ、〝プルプルの美味しい甘いスイーツと冷たくて甘いスイーツを御馳走するので無事に帰ってきてください〟と言っておったぞ」

シールズ辺境伯が急に呼ばれて驚いていた。

「えっ、も、もうカインったら恥ずかしい。お祖父《じい》様を伝言係にするなんて。すみません」

「いいんじゃ、気にするな。今年一年カインには色々頑張ってもらったからの。おぬしたちもサンローゼ領に戻ったらねぎらってやって欲しい。

道中色々カインが頑張った結果を見ることが出来るから、カインに感想を伝えてやって欲しいのじゃ。儂等から伝えるより兄弟から伝えられた方が喜ぶじゃろうからの。頼んだぞ」

アリス達は一体何をカインは〝やらかした〟のかと不安にかられ目を白黒させているとそれを見たシールズ辺境伯は豪快に笑った。

翌日の朝、アーサー達はシールズ辺境伯達に見送られながら馬車に乗り込んだ。今回ランドルフとララが乗ってきたサンローゼ家の馬車とシールズ辺境伯家の馬車の二台での移動だ。アーサー達だけであればサンローゼ家の馬車だけで足りたのだが、スカーレットとマギーが今回追加になったので貸してくれたのだ。

「シールズ辺境伯、馬車と護衛騎士まで貸して頂き、ありがとうございます。また途中の路銀まで……戻りましたら改めて御礼に伺います」

アーサーがシールズ辺境伯に深々とおじぎをしてお礼を伝える。

「アーサーよ、堅い、堅いぞ。アリス達のように〝祖父〟と呼んで欲しいぞ、まあ、馬車を戻してもらえて儂等としては大助かりじゃ……」

「今なんと？」

「いや、何でもない。スカーレット嬢とマギー嬢をしっかり歓待するんじゃぞ。それでは皆、道中気を付けて帰るように」

「「はい、ありがとうございます」」

アーサー達はシールズ辺境伯に見送られて王都を出発した。シールズ辺境伯達はアーサー達の乗った馬車が門を出ていくまで見送ると執務室に戻った。執務室にはザインがソファーに座って待っていた。

「お孫さん達は無事に出発したかい？」

「ああ、今出発したばかりじゃ。これから二週間の旅路じゃ。無事を祈るばかりじゃて」

「それじゃ、僕らも陛下の所に挨拶したら帰ろうか。料理長が今夜はホワイトトラウトの照り焼きだって言ってたから、早く帰ろうね」

「陛下へ挨拶ではなく、ご報告じゃ。まったく……しかしもう馬車では移動は出来んな……」

シールズ辺境伯はザインの態度に呆れつつ、最後の言葉は独り言のように呟いた。

フローラ王国王都の王城の一室で壮年の男達が用意された円卓に着席し、静かに誰かが来ることを待っていた。すでに一時間ほど時間が経っているが、誰一人無駄口を叩かず静かに待っていた。部屋には窓もなく、灯が抑えられているため薄暗いが互いの表情だけは判別できた。

しばらくすると扉が開かれる音がし、誰かが部屋の壁際を歩く足音がコツコツと聞こえた。そして一席だけ空いていた席にフローラ王国の国王パトリック＝フォン＝フローラが静かに席に着いた。

「全員起立、陛下に敬礼」

国王が席に着いたのを確認すると国王の右隣りに座っていた男性が号令を掛け、立ち上がった全員が右の手を握り左の胸に当てた。それを見て国王がうなずくと「着席」と再び号令が掛かり着席した。

「みな、久しいの。そろいもそろって年を取ったものじゃ。一部あまり変わらないものもいるが……まあ、良いだろう。忙しい中呼び出しに応えて貰い感謝する。五〇年経っても円卓の誓いが守られており、誇りに思う。さて、本題だが……すでに耳に入っていると思うが〝酷寒期〟があと三年で始まる。シールズが世界樹の村のハイエルフ殿から得た情報じゃ。間違いないだろう。散々揶揄られたようだがの」

パトリック王はあごひげを撫でながらゆっくりと円卓に座っている参加者を見回す。

「それでだ、ここにいる者以外には半年後に〝酷寒期〟が来ることを伝える」

パトリック王が〝酷寒期〟の発表を遅らせる事を伝えるとざわつくが、パトリック王が咳ばらいを行うと静かになった。

「色々思う所があると思うが、準備をする時間が必要な事は理解が出来るだろ？　楽観主義の俺でもどんなに頑張っても〝酷寒期〟が明けた時には人口が八割まで減っていると考えている。三年も冬が続くのだ、采配を間違えると半分まで減ることになるとの試算もある。まったくもって頭の痛い事だ」

円卓に座っている出席者達はパトリック王の話を聞いて渋い表情で目を瞑り何かを考えていたり、〝酷寒期〟後の事を想像してうなっている者さえいた。

「これより幾つかの施策を伝える。該当者は実施に向けて準備を始めてくれ。

ミゲル、ガイヤ、マッシュの塩の産出領は〝酷寒期〟が始まるまで塩の採取を今の三倍にし販売価格は〝酷寒期〟が終わるまで変更しない事。追加採取分は、すべて王家に現在の卸値で販売する事。王家が買い取った塩は保存食作成用として全領地貴族へ人口の割合に応じて販売する。

転売した領地貴族は一族郎党斬首の刑に処す。

次にターナー、グフタスのダンジョンを保有している二領は〝酷寒期〟に食料のドロップ率向上の為、スタンピートが起きないように注意しながらダンジョン外の魔物の死体をダンジョンへ喰わせてくれ。王家管理の二つのダンジョンでも実施する。ダンジョンからの食糧供給が〝酷寒期〟を乗り越えられるかの鍵になると考えている。冒険者ギルドと協力して実施してくれ。

最後に各領地の空いている土地を少しでも耕地にして、食料の備蓄に努めてほしい。備蓄食料は王家秘蔵の氷の魔道具も貸与し保存が出来る様にする」

パトリック王からの指示に参加者がざわざわとし始める。そして公爵の一人で王弟のガイヤがおもむろに口を開く。

「兄上、かなり大変な内容だが、ここまで大胆に施策をしないと駄目な事は理解した。当然検討の中に入っていると思っているが、他国の侵攻についてはどの様に対応をするか聞かせてほしい」

王弟ガイヤの質問に一同がうなずく。

「もちろん考えておる。隣国と接している三領の国境の砦の強化を王都主導で行う。当然砦の強化などを実施した場合いらぬ緊張を与える事になる為、ギリギリまで実施を待って行う。詳細はもうしばらくしたらお前らだけに知らせる……シールズ、すまんが奥の手を使わせてもらうぞ」

パトリック王の要請にシールズ辺境伯は表情を崩しながら「承知しました」と静かに返答した。その後、パトリック王が「解散」と言い放ち部屋を出て行った。

残された者たちは残って話をする者、すぐに退出して行く者に分かれた。シールズ辺境伯はしばらく残っていたが、一人部屋を退出した。

❖❖❖

シールズ辺境伯領の王都へ続く領境の平地に夕暮れが迫る中、カイン達四名は最終作業を行っていた。カインが地面に手を突き、いつものように【ストーン】と唱えると目印を持っているガーディに向かって土が踏み固められただけの街道が石畳に変わっていく。

「終わったー。みんなありがとう。かなり突貫作業だったけどこれでアリス姉さまたちのお尻が痛くならないね」

カインが出来上がったばかりの石畳の街道を見ながら呟くと近くにいたバルビッシュとザインが肩を震わせながら笑っている。

「カイン様、心配されるのはそこでは無いと思いますが……ちゃんと説明を考えておいた方がいいですよ。アリス様に色々と問いただされると思いますので」

バルビッシュが笑いをこらえながらカインの呟きに対して指摘をする。

「えっ、アリス姉さまに怒られる様な事は何一つしてないはずなんだけど……そうですよね？　ザインさん？」

「そうですかねぇ？　この一年でカイン様が作られたものを一つ一つ思い出されれば大丈夫か判断出来ると思いますが？」

「そんな馬鹿な？　街壁でしょう、下水道でしょう、橋でしょう、こむぎばたけ……、あーだんだん、不安になってきた」

カインが何やら考え込むように頭を抱えながらしゃがむ。

「カイン様、どうされたのですか？　そろそろ戻りませんと夕食に間に合わなくなりますよ」

目印の杖を持って戻ってきたガーディに言われ、カインは立ち上がる。まだ考えがぐるぐる回っているのか「あー」とか「うー」とかしばらく苦しんでいたが、お腹から〝グー〟っと空腹を訴えられ、頭を切り替えた。

「と、とりあえず。夕食に遅れるとリディア母さま達にご迷惑がかかるし帰ろうか。夕食が終わったらみんなで話し合おうね、ねぇ？」

カインは必死にガーディ、バルビッシュ、ザインに助けてオーラ全開でお願いをした。三人は「はははははは」と笑うだけで誰も同意をしない。

「それでは、サンローゼ領に戻りますよ」

ザインが〝転移の杖〟を取り出し「転移」と唱えると、その場から四人の姿は消えた。

数日前からサンローゼ家の使用人は忙しなく働いていた。あと少しで年越しの日を迎えるための大掃除と準備もあるが、それに加え年越しの日の休暇に合わせ大事なお客様を迎えるためだ。嫡男アーサーの婚約者だけでも大喜びなのであるが、アリスの初めてのお客様も一緒にお迎えの為、使用人達の気合の入り方が段違いで逆にルークやリディア達が働きすぎだと心配をする程だった。

カインも一年ぶりの兄弟達との再会に向け色々準備を行ってきた。かなり張り切って色々行ってしまったので寝不足でうっすらと隈が出来ているが、やり切った充実感で満たされていた。椅子に座って少しぼーっとしていたが扉をノックする音で覚醒し入室を許可する。

「失礼します、カイン様。アーサー様ご一同様が戻られたと先触が参りました。玄関ホールまでお願いいたします」

「ありがとう、了解です」

アーサー達の到着を知らせに来たメイドに感謝を伝え、カインは椅子から降りて伸びをして体をほぐした。体操をしているとバルビッシュ、ガーディ、サーシャがカインを迎えに来たので一緒に玄関ホールに下りた。ルークとリディアもすでに到着し、アーサー達の到着を今か今かと待っていた。

ワクワク、ソワソワしながら待つこと五分くらい、サンローゼ家の門を護衛騎士の先導で二台の馬車が入ってきた。二台の馬車は車止めを周り玄関先に到着する。準備していた執事が先頭の馬車のドアをノックし開く。カインは誰が最初に出てくるかと興奮しながら待っていると、アーサーが一番先に下りてきた。

アーサーはルークとリディアに一礼をした後、マギーをエスコートして馬車から降ろす。次にベンジャミンが同じ馬車から降り、同じく一礼をしてスカーレットをエスコトートし馬車から降ろした。カインは初めて見る女性二人を笑顔で見ながらアリスを探す。四人が馬車から離れると二台目の馬車の扉が開かれクリスが降り、アリスをエスコートして降ろした。

「父上、母上、お出迎えありがとうございます。只今戻りました」

「長旅ご苦労様、お帰り」「お帰りなさい、元気そうで何よりです」

アーサーが帰宅の挨拶を代表してすると、ルークとリディアが帰宅を労った。次に、マギーとスカーレットが前に出るとアーサーが二人を紹介する。

「父上、母上。こちらがラインハルト伯爵家が四女、マギー＝ラインハルトさんです。そしてこちらがカタルーニャ伯爵家が三女、スカーレット＝カタルーニャさんです」

「サンローゼ子爵、サンローゼ子爵夫人。初めましてラインハルト伯爵家四女、マギー＝ラインハルトです。不束者ですがよろしくお願いいたします。」

マギーはまっすぐルークとリディアを見てスカートの端をつまみ優雅なカーテシーで挨拶をした。

「マギー嬢、長旅ご苦労様。こちらこそよろしく。今後はルークと呼んでくれ」「マギーさん、お会い出来て嬉しいです。私の事はリディアと呼んで下さいね」

「ルーク様、リディア様。ありがとう存じます。私の事はマギーとそのままお呼びください」

ルーク、リディア、マギーはとてもにこやかに挨拶を交わした。アーサーは三人の柔らかな雰囲気をみてほっと胸を撫で下ろす。マギーがアーサーの横に少し寄り、スカーレットに道をあける。

「サンローゼ子爵、サンローゼ子爵夫人。初めましてカタルーニャ伯爵家三女 スカーレット＝カタルーニャです。この度はお招きいただき大変ありがとうございます。どうぞ私の事はスカーレットとそのままお呼びください」

スカーレットは右手を握り胸に当て騎士の礼で挨拶をした。

「スカーレット嬢、こちらこそお招き出来て嬉しい。何もありませんがごゆるりとお過ごしください」「スカーレットさん、アリスの義母です。王立学院でのアリスの様子などのお話を聞ける事を楽しみにしていますね」

スカーレットもルークとリディアにすんなりと受け入れられたようだ。マギーとスカーレットはルーク達との挨拶の後、メイド達に連れられて屋敷の中に案内されていた。着替えた後、昼食を一緒に食べる事になった。

カインはお客様の女性二人を好意的に観察していた。

『マギーさんか……これから義姉さまになるのだから仲良くしないと。スカーレットさんの方は……なぜか先ほどからチラチラと僕の方を見ていらっしゃるのだけどね。あとでアリス姉さまに聞いてみよう』

「アーサー、ベンジャミン、クリス、アリス。お帰り、元気だったか？」

「アリス、お帰りなさい。少し大きくなりましたか？」

ルーク、リディアが帰宅した四人の子供達に労いの言葉をかける。四人の子供達は何かを言いたそうに体をプルプルさせ目を大きく見開いていた。

「父上、母上。色々お聞きしたい事がありますが、ここではなんですから応接室に向かいませんか。

誰が聞いているかわかりませんからね」

ルークは四人の子供達の雰囲気に少し押され「あ、ああ」と答え応接室に向かうのだった。

サンローゼ家の応接室には片側のソファーにルーク、リディア、カイン。反対側のソファーにはアーサー、ベンジャミン。その隣に椅子を追加してクリスとアリスが対面していた。その周りには、ランドルフ、ララ、バルビッシュが控えているが、誰も口を開かない重い雰囲気が漂っている。リディアがルークの手の上に自分の手を置き、話を始めるように促す。ルークは「おっほん」とわざとらしい咳払いを一度した後、話を始めた。

「アーサー、まず何から聞きたい？　ここには家族しかいないから何でも包み隠さずに説明するぞ」

「色々ありますが……まずはお二人のそのお姿からご説明いただけますでしょうか」

アーサーの質問にカインは『そうだよねー一年ぶりに再会してみれば両親ともに目に見えて若返っていて、母親に関しては姉と言ってもおかしくないくらいに若く見えるしねー』とうなずきながら聞いていた。

「それはだなぁ……カインがシールズ辺境伯領でハイエルフのザイン殿に出会った所から話す必要があるな……」

ルークはアーサーの質問に正確に答えるため、カインとザインの出会いから説明を始めた、〝転移の杖〟の事、〝カインのガーディア様の加護〟の事、〝世界樹の村との貿易〟の事などたっぷり二〇分程かけて説明を行った。

「それでだ。ガーディア様から〝セントウ〟を下賜いただき、初めにお義母上とリディアが食べて、シールズ辺境伯と私が食べた。結果は見ての通りだ」

ルークは少し疲労を浮かべた表情で若返った経緯を説明した。

「なんと言う……」「はぁ……」「……」「リディア母様っ！　すごいですわっ！」

アーサー、ベンジャミン、クリス、アリスがルークの説明を聞いた後、呟く。アリスだけはリディアの若返りをとても喜んでいた。

「あー、陛下へはすでに報告済みだから問題ない。次回〝セントウ〟の実を入手次第献上する事になっている。あくまで我々は陛下への献上前に自身の体を使って効果を確認しただけに過ぎない」

ルークは〝自身の～〟の部分を取り分け強調し、問題無い事を自信をもって説明しているし、リディアもニコニコとほほ笑んでいた。

「分かりました……しかし、マギーにはどのように説明をするか……」

「アーサー。そこは女同士で話をしておくから安心して。彼女は挨拶の時に戸惑っている様子なんて微塵も表さなかったのはとても高評価よ。彼女とは仲良く出来そうだわ」

意外な所で婚約者が高評価を得たことを安堵しているアーサーの隣で、ベンジャミンとクリスは表情を歪めていた。そんな二人の様子を見てカインも『マギー姉さまも伯爵令嬢だね』と納得するのであった。

「次はどれからにする？」

一番の山は越えたと考えたのか、ほぼ開き直った表情でルークが息子たちを見ながら質問した。

「では、あの街壁はどのように作られたのですか？　ほぼ理解はできているつもりですが確認をしたいと思います」

ベンジャミンが努めて冷静にルークに質問をした。

「ああ、あれはカインが基本を作って欄間などは石工ギルドが後から追加したりして完成させた。カイン、合っているな？」

「はい、お父さま。ベン兄さまに教えていただいた〝魔力循環〟を日々行い、一度に使える魔力量を増やしていけたので当初より工期が短縮できました」

無邪気に答えるカインの様子にベンジャミンの眉間に深いしわが浮かび上がった。ベンジャミンは静かにルーク達の後ろに控えているランドルフへ確認を取るが、ランドルフからも「事実でございます」と返答が来て大きなため息をついた。

「それじゃあ、ブリッジ村の手前に出来た新しい橋もカインが作ったのかい？」

今までのやり取りを聞いていたクリスが怖々と質問をする。

「はい、クリス兄さま。川の水が流れる中作るのは中々大変だったので、サンローゼ領で練習をして作りました。変でしたか？」

カインがとても良い笑顔で返答するのでクリスも「変だ」と返せずに下を向いた。

「カイン？　もしかして街壁前に出来ていた広大な小麦畑もカインが関わっているの？　……」

アリスはカインが否定をしてくれる事を願いながら質問を絞り出す。

「はい、アリス姉さま。アリス姉さまに美味しいスイーツを作ってあげたくて、一人では大変だったのでサンシャムロック家として従業員を雇用してサーシャやみんなの力を借りて頑張りました」

アリスの為と瞳をキラキラさせて返答する弟を見てアリスも言いたい言葉を飲み込んだ。

「あーっ、四人とも言いたい事は分かるが我らサンローゼ領の発展の為、カインに持っている力を発揮してもらった結果だ。まあ、多少、いや、少し急激な変化かもしれんが領民達も喜んでいるし大丈夫だ」

「「「「全然、大丈夫じゃないです」」」」

ルークの楽観的な「大丈夫だ」に四人の声がそろって否定をするが、止めの「出来てしまった物を壊すのは出来ないから致し方ない」との言葉に言葉を失った。後日四人は、地下下水道と領民向けの浴場の話を聞き、深く考えるのをやめようと思い始めるのだった。

サンローゼ家の家族会議が終了し昼食会となった。アリス達の滞在中のメニューはすでに決まっていて、一カ月も前にロイド料理長とカインとで考えに考えて決定した。ロイド料理長は、将来サンローゼ家の一員になるマギーに食事面で安心してもらうため。カインは一年ぶり戻ってくるアリスとアリスの敬愛する先輩、スカーレットのために美味しい物を食べて貰おうと協力しメニューを考えたのだった。

そんな第一弾の昼食はワイルドブルのローストビーフサンド。より柔らかい肉を求めて雌のより体の小さい個体を選び、使用する部位もランプとヒレの二種類に厳選してみた。試食の時にあまりにも柔らかく肉のうまみが芳醇だったため、調理人とカイン達だけで完食してしまい作り直す程だった。そのおかげか⁉、今日提供しているワイルドブルはバルビッシュが三日もかけて選りすぐりの個体を狩ってきてくれたのだった。付け合わせはフライドポタト（ポテト）にした。

先ほどのサンローゼ家の家族会議で落胆？　していたアーサー達も配膳されて食べ始めると目を大きく見開き夢中で食べていた。マギーもスカーレットも「「こんなおいしいサンドウィッチは食べたことがない」」と無くなっていくローストビーフサンドウィッチを悲しそうに見ていた。

「アリス姉さま？　ローストビーフサンドウィッチはどうですか？」

カインが隣で最後の一口を食べ終わったアリスに質問すると、口の中でまだモグモグしながらにっこり笑い

「カイン、ありがとう。お代わり頂戴？」

輝くような笑顔に感動しつつ「お代わり頂戴？」にカインは思わず吹き出してしまった。最初は笑っているカインに怒りだしたアリスだったが、そのうちアリスも笑い出した。食事中なので何とか笑いを収めてカインはアリスの為にお代わりをお願いすると、アーサー達も自分達もとメイド達にお代わりをお願いしていた。

昼食後は移動の疲れを配慮したルークが夕食まで部屋でゆっくり過ごすようにと言い解散となった。カインも昨日まで準備を忙しくしていたので久々に夕食まで寝る事にして自室に戻った。アリスが笑顔でローストビーフサンドウィッチを食べているのをベッドの中で思い出していると睡魔に襲われ、すぐに眠りについた。

「カイン様、カイン様。そろそろお目覚め下さい」

カインはララに体を揺り起こされたが、深く眠れたためかかなり目覚めが良かった。

「おはよう、ララ。もう夕食の時間？」

「いえ、まだ時間がありますがお夕食前にお風呂に入られてはと思いまして、起こさせていただきました」

「うん、そうだね。ありがとう、ララ」

ララからタオルと着替えを受け取り、バルビッシュと一緒に浴場に向かった。脱衣所にはちょうどお風呂から上がったアーサー達が着替えている所だった。

「カイン、おはよう。これからかい？」

クリスが髪の毛をふきながら浴場に入ってきたカインに声をかけた。

「はい、今さっき目が覚めたので。クリス兄さま達はお早いですね？」

「僕はもう少し寝ていたかったんだけど、二人に起こされてね。でもいつでも湯に浸かれるのはいいね。王立学院ではお湯を浴びる事は出来るけどお湯に入ることは出来ないからね」

「何を言っている、湯を浴びる事が出来るだけ良いだろう？　騎士団では水だけの時や遠征訓練に出ると数日間湯浴みも出来ないぞ」

クリスの言葉にアーサーが騎士団での話をすると、クリスは「えっー、それは臭そう」と小さく呟く。しかし小さな呟きをアーサーは聞き漏らさず「慣れだ、慣れ」と一蹴していた。

「あの泡立ちの良い石鹸もカインが作ったのかい？」

アーサーとクリスとのやり取りを少し離れて聞いていたベンジャミンが、二人の話を苦笑しながら聞いていたカインに質問をする。

「はい、獣脂で作る石鹸のにおいが気になって開発しました。いかがでした？」

「いつも使っている石鹸より泡立ちが良くて、いい香りがしたね。僕はもう少し香りが強いほうが好みかな？」

「喜んでもらえて良かったです。リディア母さま達が使われている石鹸には香り成分を多く入れているので試してみてくださいさい。男性浴場用の石鹸は父さまやランドルフ達の要望で少なくしているんですよ」

ベンジャミンは「へー」と何か思い当たるような表情でカインの話を聞いていた。話を続けようとしているカインはバルビッシュから「そろそろ、急ぎませんと」と促され、兄達に別れを言って浴場に入った。

体を十分温めてお風呂から上がると、ルークが脱衣所で衣服を脱いでいる所だった。

「おお、カイン今日は早いな」

「はい、夕食の前にさっぱりしようかと思いまして。父さまもですか？」

「ああ、リディアに……いや、そうだな」

「そうですか、それではお先に上がります」

カインはルークの呟きに気づかないふりをし、濡れた体をタオルでふき、着替え部屋に戻った。部屋に戻るとニコニコ顔のララとサーシャと、カインにとっての絶望が一緒に待っていた。

「カイン様、お待ちしておりました。さあお召替えをいたしますよ」

ララがいつも以上にニコニコしながらカインへ最後通知をする。

「ララさん？　そちらに用意されているお洋服は何かの間違いではないでしょうか？」

お風呂上がりで体が温まっているにもかかわらず、カインの背中に冷汗が伝う。

「いいえ、リディア様が本日の為にあつらえさせた特別仕様です」

「いやいや、もう年越しの日があと数日に迫った真冬に〝半ズボン〟はないでしょう⁉ 寒くて風邪ひいちゃうよ」

「大丈夫でございます、以前あつらえた物より生地が厚くなっておりますから。ホホホホ」

ララがいつもはしない貴婦人の様な笑い方をしながらカインににじり寄ってくる。サーシャも手を広げ微笑みを浮かべながら、カインの逃走経路をふさぎつつ同じく近寄ってくる。身体能力に劣るカインは二人の包囲網を突破できないと思い、バルビッシュとガーディに助けを求めて見るが二人ともあらぬ方向を見て見ないふりをしていた。

「フフフ、捕まえました」「捕まえちゃいました」

バルビッシュとガーディの裏切りに唖然としている間にララとサーシャに捕まり抵抗もむなしく〝半ズボン〟へと着替えさせられていた。今夜の〝半ズボン〟コーデは上着と半ズボンが紺色で白いシャツと緑色の蝶ネクタイで、とてもよく似合うとララとサーシャから大絶賛されたが賞賛の言葉はカインの心には届かず沈んだままだった。

夕食の時間になり、サーシャをエスコートして食堂に向かう。サーシャはカインの護衛ではあるが食客扱いなので今日の夕食会にも参加をお願いされていた。サーシャはクリームグリーンのドレスに着替え、髪型もアップにまとめていたので特徴あるエルフの耳が見え、いつもより輝いて見えた。

カインが「きれいだね」や「よく似合っているね」などの感想を伝えると、照れて少し頬をピンクに染めながらも「ありがとう」と小さく呟くサーシャにキュンとする。しかし、むき出しの足に冷たい風が当たり現実に引き戻されるのであった。

食堂の扉を開くとすでにルークとリディアが正装をして待っていた。今夜はカイン達がホストなので入り口でアーサー達をお出迎えする。カインの姿を見てリディアは目を細めてニッコリ微笑み、ルークは目を一度見開いた後ゆっくりうつむいた。

「リディア母さま、とてもお綺麗ですよ」

「まあ、カイン。ありがとう、あなたもとても似合っているわ。一度回ってもらえる？」

カインはリディアのリクエスト通りその場でゆっくり一回転をする。食堂にいる女性陣から小さなため息が漏れる。

「紺色を選んで正解だったわ。ピンク色も良かったけど……次はピンクかしらね？」

カインは心の中で号泣しながら笑顔を維持するのだった。リディアとサーシャがお互いのドレスをほめあっているうちに、アーサー達の準備が出来たとランドルフがルークに報告に来た。カイン達は食堂の入り口に並びお出迎えをする。

ランドルフがルーク達の準備が整ったのを確認し、食堂の扉を開ける。アーサーがマギーをエスコートして入室し、ルーク達に一礼をする。マギーもドレスの端を持ちアーサーに合わせて一礼をする。

「マギー嬢、改めてようこそサンローゼ領へ。家人一同歓迎します」

「サンローゼ子爵様、この度はお招きいただきありがとうございます。不束者ですが末永くよろしくお願いします」

「こちらこそ、アーサーをよろしく。ラインハルト領と比べると不便な面が多くあると思うが、遠慮なく提言してもらえればと思う。サンローゼ領も以前に比べれば格段に発展しているが、他領に比べるとまだまだなのでね」

「そんなことございませんわ。街壁も領内の道も浴場も素晴らしいです。そして昼食もとても美味しかったです。夕食を楽しみにしていました」

「それは良かった、料理長が喜ぶと思います。夕食も楽しんでください。アーサー」

ルークが会話を終了させてアーサーに席に着くように促す。アーサーは「はい」と短く返事をしてマギーをエスコートして席に向かう。次は、ベンジャミンとスカーレットの番になる。

「マギー嬢、改めてようこそサンローゼ領へ。家人一同歓迎します」

「サンローゼ子爵様、この度はお招きいただきありがとうございます。突然のお願いでご迷惑をお掛けしたのではないでしょうか」

「問題ありませんよ。クリスもアリスも日頃から何かとお世話になっているスカーレット嬢をお迎え出来て、こちらこそ感謝しています」

「ありがとうございます、お言葉に甘えて休暇を楽しませていただきます」

「領街内であればクリスやアリスを案内につけます。王都に比べると何もないですが、ゆっくりと過ごしていただけると思います。ベンジャミン」

ベンジャミンに席に着くように促し、ベンジャミンも「はい」と短く返事をしてスカーレットをエスコートして席に向かう。スカーレットが席に移動する時、カインはスカーレットと目が合ってにこりと笑顔を作ると、スカーレットの目が少し細くなりキラリと光ったような気がした。

「クリス、アリスお帰り。アリス、その淡いブルーのドレスとても似合っているね」

「無事に戻りました、お父様。スカーレット姉様に選んでいただいたドレスなのです。ありがとうございます」

アリスがその場でくるりと一回りすると、ひざ丈のスカートがふわりと広がりとてもかわいい。カインは声には出さず『とても、似合っています』と笑顔で気持ちを伝えた。

「積もる話もあるけど皆さんがお待ちだからまずは食事にしようか」

ルークが提案をするとクリスもアリスも「はい」と返事をして席に向かう。

今夜の夕食は、温野菜に蒸しホロホロ鳥の胸肉マヨネーズソース添えから始まり、サツマのポタージュときてメインがこの後に運ばれてくる。すでにルーク、リディア、カイン以外は次に出てくるメインの肉料理に思いをはせているようだ。レーズンの天然酵母を使ったパンとアッポル（リンゴ）の酵母を使った二種類のパンも好評で、みんなお代わりを頼むほどだった。

執事が扉を開けて料理を持ったメイド達が入ってくる。ルークから順番に配膳されてカインまで配膳が終わると一斉に食べ始める。メインの肉料理は二種類のハンバーグと付け合わせでマッシュポタト（ポテト）とキャロットが乗っていた。

「旨い」「美味しい」「この前より美味しい」「何このトロトロ」などハンバーグを食べ始めたアー

サー、クリス、スカーレット、アリスから口々に感想が漏れる。ベンジャミンやマギーは無口でとても上品に食べているが食べるスピードが上がっていた。

「お口に合って良かったです。ワイルドブルのみと、ワイルドブルとワイルドボアと合わせた二種類のハンバーグになります。ワイルドブルだけのハンバーグには最近手に入ったチーズを入れております。この二つは小さ目に作っております。お代わりもございますので片方だけでも両方でもお申し付けください。但し、お残しはダメですからね」

ロイド料理長がハンバーグの説明をするとクリスがすかさずお代わりを伝えようとすると、いつもの言葉を聞いて飲み込んだ。クリスに続いてお代わりを頼もうとしていたアリスも下を向いてしまった。

「ロイド料理長、私はワイルドブルのチーズ無しで少し大きめの物を。リディアは？」

「はい、私はワイルドブルとワイルドボアにチーズを入れていただこうかしら」

ルークがアリスの様子を見てか率先してお代わりを頼み、リディアの分も確認する。ロイドは「畏まりました。皆様はいかがしますか」と促してくれた。

「それでは、自分はワイルドブルにチーズの入った物を。マギーには今と同じものを」

アーサーがマギーの分も合わせて注文を伝える。それを聞いたベンジャミン、クリス、スカーレット、アリスは順番に好みを伝えお代わりを頼んだ。

「サーシャはどうする？　僕は、ワイルドブルとワイルドボアのハンバーグにチーズが入った物を頼むけど」

「ありがとうございます、カイン様。私も同じ物をお願いします」

カインがサーシャの分を確認してロイド料理長に伝え、リディアの方を見る。リディアはにっこりとほほ笑み、口だけで『よくできました』とほめていた。

「アリス、美味しかったかい？」

ルークが一皿目を完食しニコニコのアリスに質問をした。

「はい、お父様。王都を出発時にお祖父様《じい》のお屋敷でもいただきましたが、こちらの白いトロトロの入ったハンバーグの方が断然美味しいです。この白いトロトロは何ですか？」

「そうか、シールズ辺境伯の所で食べた物より美味しいか。ロイド料理長が聞いたら喜ぶな。アリスも後で伝えてやって欲しい。このハンバーグに入っている白い物は、チーズと言って最近サンローゼ領に来た魔物使い達がもたらした物だ。まだ作る量が少ないからロイド料理長が作る料理くらいにしか使えていない」

「使えていない……という事はこの〝チーズ〟を使った料理が他にもあるのですね！　ああ、楽しみです」

ルークとアリスのやり取りを聞いていた他のメンバーもまだ見ぬチーズを使った料理を想像し、目尻を下げていた。

「お待たせしました、皆様」

ロイド料理長の掛け声と共に扉が開かれ、メイド達がお代わりをもって食堂に入ってきた。テーブルに座っているメンバーから、今か今かとそわそわしている雰囲気が漂ってくる。先程と同じく全員に配膳されたのを確認して競う様に食べ始める。

「ごゆっくりお召し上がりください。またお代わりもできますが、今夜は新作のスイーツを御用意していますので程々になされることをお勧めします」

ロイド料理長はやんわりと食べ過ぎに警告をし、壁際に下がっていった。

❖❖❖

「今夜の料理はどうだったかな？　その顔を見れば満足してもらったのは一目瞭然だな。それは良いとして、カインとサーシャの紹介が遅れてしまった。デザートの用意が出来る間に……まずはカインからだな」

ルークのご指名によりカインが自己紹介を始める。

「ラインハルト様、カタルーニャ様。初めましてカイン＝サン＝シャムロックです。シールズ辺境伯様より士爵位を承っておりますが、公の場ではない限りカインとお呼びください。お二人にお会い出来る事を楽しみにしておりました。色々王都などのお話を伺えればと思います」

「カイン君、初めましてマギー＝ラインハルトです。アーサー様よりとてもよく出来た弟様とお伺いしており私もお会いできる事を楽しみにしておりました。私もマギーとお呼びください」

「カイン君、初めまして、スカーレット＝カタルーニャです。アリスよりかわいい弟と聞いてとても楽しみにしていた。実際にとても可愛く、アリスに少し嫉妬してしまうほどでした。私もスカーレット、いやアリスの様にスカーレット姉と呼んで欲しい」

カインの自己紹介の後マギー、スカーレットと続き自己紹介をする。二人ともカインを気に入ったのかとても良い笑顔で話しかけていた。マギーはスカーレットの自己紹介を聞いて「私もマギー姉と呼んで欲しい」と付け加えたほどだ。

その後、サーシャも自己紹介を行った。エルフでカインの護衛だと聞かされ最初は驚いていたが、何とか飲み込んだようだった。その後サーシャに対しアーサー達の自己紹介があり、互いに名前呼びでと打ち解けたようだった。自己紹介が終わるとデザートと香茶が配膳される。カインの地球の記憶よりだいぶ大きめにカットされたタルトタタンが並べられていた。

「お待たせしました、こちらが新作スイーツのタルトタタンです。アッポル（りんご）で作ったスイーツです。どうぞご賞味ください」

ロイド料理長の紹介が終わると一斉にフォークを刺し食べ始めた。一口、口に含むと目を見開いて固まり夢中でモグモグと食べ始め、次々に口に運んでいく。

『うん、今日のタルトタタンも美味しい。甘く煮たリンゴはとても柔らかく、そしてリンゴのすぐ下のパイはしっとりしていて外側のパイはサックりしていて。ああ、ロイド料理長はすごいね』カインはロイド料理長と一カ月前から試作を重ねたタルトタタンの出来に大満足しながら食べ進めた。

『アリス姉さまも……うん喜んでいるみたい。良かった、良かった。フフフ、まだ次も用意しているから楽しみにしていてくださいね』正面に座りタルトタタンを口に含み、手を頬に当てて嬉しそうにしているアリスを見ながら、カインは心の中で呟くのだった。

6章
冬の狩り

年越しの日を三日後に控えた寒空の下、大深森林《だいしんしんりん》を森の奥に進んでいる。まだ日も登らない真っ暗な時間にサンローゼ領街門を出てすでに四時間。途中一回の休憩を取っただけであとは森の奥へと進んでいた。日頃鍛錬を行っているとはいえ、七歳のカインは体力が尽きかけていた。

一緒に歩いているのは皮鎧に長方形盾《カイトシールド》と両刃の剣を腰に差したアーサー、白い魔術師のローブを着て短杖《ワンド》を持ったベンジャミン、アーサーと同じ皮鎧を着てロングソードを装備したクリス、エンジ色の皮鎧に背中にバスタードソードを背負ったスカーレット、皮の胸当てとショートソードを腰に差したアリス、そしていつもの狩り用の装備をしたバルビッシュとガーディとカインを合わせた八人で大《だい》深森林《しんしんりん》を進んでいる。

『どうして、こんな事になったのだろう？　昨日までは平和だったはずだ。年越しの日の晩餐に出す料理も決まっていて、食材も揃っていたはず……なぜだ？』

「カイン、もう疲れちゃったの？　私がおんぶしてあげようか？」

下を向き、息を盛大に乱して歩くカインの隣にアリスが近づき心配してくる。

「いえ、ま、まだ大丈夫です。ありがとうございます。アリス姉さま。で、でも一つ教えてください。なぜ、今日は狩りに行くことになったのですか？」

ハアハアと息をしながらしゃべったので所々息が詰まるが、何とか疑問を投げかける事が出来た。

「うーん、確か……マギー姉様とアーサー兄様とみんなで新市街を見て回ってる時に、一昨日の夕食のハンバーグをもう一度食べたいとマギー姉様がおっしゃって、スカーレット姉様も私もそれに賛成して、アーサー兄様がロイド料理長に聞きに行ったら、材料が無くて出来ないって言われて、諦めかけてたらアーサー兄様が取ってくれれば良いとおっしゃられて、大深森林《だいしんしんりん》に狩りに来ているのよ」

アリスは、目線と頭を上に向けて記憶をさかのぼりながら思い出し経緯を説明し、そして狩りをすることになった事を楽し気に教えてくれた。

「それなら、僕が狩に来る必要はなかったんじゃ？」

「えーっとね、それはベン兄様が「久々にカインがどのくらい成長したか確認しよう」って言われてかな？」

カインは足は歩き続けているものの完全に頭を下げてゾンビの様な格好で絶望を現した。

『なぜ、そんなにベン兄さまは羅刹なんだ。魔法の実力を見るだけだったら屋敷の裏の演習場で十分じゃないか！』

文句の一つでも言う勢いで頭を上げてベンジャミンを見ようとすると、目の前に氷でできたチョウチョが飛んできて、カインの鼻の上に止まり鼻先を少し凍らせる。

「あれ？　カインまだ元気そうじゃないか。狩場はもう少しみたいだから頑張ろうね」

いつの間に近くに来ていたのか、ベンジャミンが笑顔だが目が笑っていないとても畏ろしい表情で呟いた。

「ひぃ、は、ハイ。頑張ります」

カインは何処にそんな元気が残っていたのか手足をピンと伸ばしてスタスタと歩き出す。ベンジャミンが「ふむ、よろしい」と呟いてカインの少し後ろを歩く。ベンジャミンの表情が見えていないアリスは急にスタスタと歩き始めたカインを不思議に思うのだった。

❖❖❖

「アーサー様、この先がワイルドブルが出現する草原です。左手の森から出てきて右側の森の奥にある水場に向かうワイルドブルをいつもは仕留めます。今日はガーディもいますので二体くらいまでなら大丈夫だと思いますが、それ以上ですとワイルドブルの突進を止められる方がいないですね」

バルビッシュはアーサーの持っている大型の盾とガーディを見ながら今日の作戦について話し始める。

「三体までは大丈夫だ。ベンジャミンが止められるしな、なぁ？」

「やれと言われればやりますが、私は魔術師ですよ？」

ベンジャミンがアーサーの発言にやれやれといった仕草をしながら提案を了承した。

「それでは、三頭までのワイルドブルの群れを釣ってきますので、アーサー様、ベンジャミン様、ガーディで盾役を。攻撃はスカーレット様、クリス様、アリス様で自分とカイン様は周囲の警戒で良いですかね？」

バルビッシュの作戦提案に「「了解（ですわ）《です》」」とそれぞれ返事をする。

『ワイルドブルって小さくてもハナコくらいあるんだよ。オスだともっと大きいらしいから、そんなのにぶつかられたらまた転生しちゃうよ』

カインは自分が攻撃役にも盾役にも選ばれなかった事を安堵した。

全員の準備が整うと、バルビッシュが一人左手の森の中に入っていった。十数分くらい経った後、ものすごい勢いで森から飛び出してきた。

そしてそのまま、アーサーとガーディの間を抜けてカインの隣まで来て叫ぶ。

「ワイルドブルが中型二頭来ます」

バルビッシュが叫んだあと二つの塊が森から飛び出してきた。そしてアーサーとガーディを見つけると頭を少し下げ突進をする。アーサーは左側の一頭を、ガーディは右側の一頭を受け持つようで少し間をあける。

「「こい！」」

二人が同時に叫ぶと、誘導される様にワイルドブルがそれぞれアーサーとガーディに引き付けられていく。数瞬後、巨大な物がぶつかる音があたり一面に響き渡る。カインは思わず耳を塞いでしまったが、そんな巨大な音がするくらいの衝突に一歩も下がらずアーサーとガーディはワイルドブルを受け止めた。

ワイルドブルが止まるよりも早く、アーサーの右からスカーレットとアリスが飛び出す。スカーレットはワイルドブルの真横に位置取り、両手で握ったバスタードソードを胴体に突き刺す。バスタードソードが深く刺さり、ワイルドブルはものすごい悲鳴を上げ、スカーレットから後方に跳ねた。スカーレットがバスタードソードを勢い良く引き抜くと、切り口から大量の血が噴き出す。

それでもワイルドブルはまだ倒れずスカーレットに突進しようとするが、スカーレットの横をさらに回り込み、ワイルドブルの背の二倍程にジャンプしたアリスがワイルドブルの首筋めがけてショートソードを突き刺し、止めをさした。ワイルドブルはアリスがショートソードを突き刺した勢いで頭から地面に倒れるが、アリスは後方一回転をして奇麗に着地を決めていた。

「アリス姉さま、すごい……」

一瞬の出来事にカインがそう呟くと、隣で何か重たいものが落ちる音がして頭して見ると、何本もの氷の槍が刺さり絶命しているワイルドブルが横たわっていた。

「お見事です、ベンジャミン様」「ベン兄《にい》、危ないから。もう少しで俺刺さりそうだったから」

賞賛の声を上げるガーディとは反対にベンジャミンに抗議するクリスがワイルドブルの周りにいた。

「別に避けられているから問題ないだろう？」

ベンジャミンがクリスからの抗議を一言で跳ねのけた。

『えっ、何この人たち？　明らかに一年前よりすごくなっていない？　ベン兄さまは、詠唱すらしてなかったよ……たぶん』

「ほお、お前たち、腕を上げたな」

「それほどでも」「まあね、去年は情けない姿を見せちゃったからね」

アーサーがベンジャミンとクリスをほめると謙遜と肯定で返事をした。

「アリスもこんなに動けるなんてびっくりだ」

「はい、スカーレット姉様に鍛えていただきましたからね」

「謙遜するなアリス。アリスが毎日欠かさず鍛錬を行った結果だ。カイン君を守る……」

「あああぁぁぁ、スカーレット姉様！　それは言わない約束ですっ！」

スカーレットの言葉にかぶせるようにアリスが割って入った。スカーレットの最後の言葉が聞こえず首を傾げているカインを見て胸を撫で下ろすアリスだった。

「さて、さて、体もほぐれたし続けて狩るぞ！」

アーサーの狩り継続の掛け声にカイン以外は大きな声で答えたが、カインは小さく「ぉぉ……」と絞り出すように返事をした。

「「「「ぉぉぉぉー」」」」

一瞬で狩ったと言っても過言ではない二頭のワイルドブルをカインの〝魔法のブレスレット〟に収納し、草原に広がったワイルドブルの血を【土魔法】で耕し血の匂いを隠す。隠しただけでは鼻の良い魔物が寄ってくる可能性があるので広い草原を移動し迎撃ポイントを決めると、バルビッシュが再度ワイルドブルを釣りに森の中に分け入っていった。

「兄さん、次は私が盾役をするよ。カイン、よく見ておくんだよ」

ベンジャミンが迎撃の準備を始めたアーサーに自分が盾役をすると言い始めた。そしてなぜかカインに注文を付けた。カインが不思議そうな表情をしていると小さくため息をついた後、

「私がお手本を見せるから、次はカインがやってみるんだ。大丈夫ちゃんと後ろでフォローするから。でも気を付けないと怪我するからね」

カインが固まりながら聞いているのを少し楽しそうに眺めながら、最後はゆっくり拒否できないように圧力をかけて言う。

「……はい」

経験上、ここで拒否をしても無駄だと学習しているので観念した。ベンジャミンを先頭に一歩下がった左右にアーサー、ガーディ。

その後ろにカイン、クリス、スカーレットとアリスが後ろに並んだ。

ガサガサと正面の藪の中からバルビッシュが勢い良く飛び出して来て、ベンジャミンの横をすれ違いざまに「ワイルドブル 大型一頭です」と伝え、速度を落とさず走り抜ける。数秒後うなり声と共に大型のワイルドブルが飛び出してくる。

【白き乙女の吐息、雪狼の咆哮、集いて集いて我が意思に従い顕現せよ。アイスウォール】

ベンジャミンが力ある言葉を唱えると、ベンジャミンとワイルドブルの前に氷の壁が出来上がり数瞬後、物凄い衝撃音がしてワイルドブルの突進が止まる。ワイルドブルが止まった瞬間、左右からスカーレット、クリスが飛び出しワイルドブルの首めがけて左右同時に振り落とし絶命させた。

「スカーレット姉様、クリス兄様。早すぎです、私の出番が無いじゃないですか！」

一瞬の間にワイルドブルを狩った二人に文句を言う。

「いやいや、すまんな。つい楽しくてね。ここは獲物の密度が濃くて楽しい。それに盾役の君の兄上達がまた素晴らしい。こんなに攻撃に集中出来るのも久しぶりだ」

バスタードソードについた血を一振りで振り払いながらスカーレットはアリスに謝罪をする。

「じゃあ、次はアリスが一番に攻撃すればいいじゃない？　アーサー兄はまだまだ続けるみたいだし」

次の狩りの準備の為にバルビッシュと何かを打ち合わせしているアーサーを目線で示し、クリスがアドバイスするとアリスは「はい」と満面の笑みで答えた。

「ねっ、簡単だろう？　次はカインの番だからしっかりね」

『いやいやいや、何が「しっかりね」何だろうこの人（羅刹）は。一瞬でこんなに厚い気泡の無い氷壁を作り出し、接触と同時に細やかな魔力操作を行い、接触と同時にワイルドブルを凍結で拘束なんて誰が出来るんだぁーーー』

カインは、口では「ハイ」と返事をしながら、心の中で大声で叫んでいた。

カインが先ほど同じように〝魔法のブレスレット〟にワイルドブルを収納して【土魔法】を使おうとした時にバルビッシュが大声で叫ぶ。

「右手正面、一体魔物が近づいてきます。ガーディっ！」

バルビッシュの叫び声と同時にカイン以外が戦闘準備を整え、バルビッシュが言った方向に剣先を向ける。ガーディはカインの右斜めの位置に一瞬で移動し防御体制をとった。カインがおたおたしていると、右斜め前の森から何か魔物が飛び出して来たのが見えたが、まだ一〇〇m以上離れていたがワイルドブルではなさそうだった。

「距離八〇m、ワイルドボア中型です」

バルビッシュが追加の情報を伝える。最初の戦闘と同じ陣形を取るが、カインを後ろから押す人物がいた。

「ほら、カイン。やってごらん？　出来ないなんて言わないよね？」

振り向く度に近づいてくるワイルドボアとベンジャミンの顔を二往復くらいして、カインはようやく心を決めた。

「わかりました、やります。やってやりますよ」

もう二〇mくらいまで近づいて来たワイルドボアをにらみ、地面に手を付き【ロックウォール】とカインが唱えると、アーサーとガーディの前方五mから石壁がそそり立ち、ワイルドボアに伸びていく。数瞬後、ドンッとお腹に響く重低音が響き、地面に何かが落ちる音が続けて聞こえた。

「カイン？」「石壁高過ぎ！」「石壁厚すぎ！」

ベンジャミン、アリス、クリスの順にカインが作った石壁に対して文句を言ってきた。カインが自分で作りだした石壁をもう一度見直すと、幅はベンジャミンが作り出した氷壁と同じくらいで三mほどだが、高さが六mくらい、厚さが一〇mくらいの電車の様な石壁が目の前にあった。

慌ててカインが石壁を削除《デリート》すると、ワイルドボアが一〇m先に息絶えて倒れていた。どうやらカインが作り出した石壁がカウンターの様にワイルドボアに当たり、首をへし折り吹き飛ばしたようであった。

「あははは、ごめんなさい」

カインは言い訳を言うのをやめて素直に謝る。アリスはカインの頬を指先でウリウリとつつきながら「今度は気を付けてよね」と注意をしながら楽しんでいた。

「ありえない……一瞬であんなに巨大な石壁を……そして一瞬で消え去るなど……それも無詠唱……」

スカーレットは楽しそうに話しているアリス達を見ながら小声で呟いていた。

その後も、バルビッシュが何度が森に入りワイルドブルやワイルドボアを釣って来ては狩るのを繰り返し、次で最後にしようと話し合い次の狩場に移動し草原の中間地点まで来たとき、タイミング良く一五〇m前方からこちらに走ってくるワイルドボア三頭を発見した。すぐさまアーサー達は戦闘態勢を取り、アーサー、カイン、ガーディが横に並び盾役の準備をした。

「カイン様ッ！」

ワイルドボアたちが近づいてくるのを魔力循環をしながら準備していたカインを、突然右横に居たはずのガーディがカインをかばう様に覆いかぶさった。何も分からずしゃがまされ、声を上げようとすると突然辺りが暗くなり前方から突風が吹き、ワイルドボアの叫び声と同時に地面がドンと揺れた。

地面の揺れが収まるとガーディがカインを肩に担ぎ来た方向に二、三歩進んだ所で〝Gyowooooo〟と怪獣映画の様な叫び声が辺りを満たし、カインは恐怖に襲われた。

「カイン様、カイン様。気を確かにっ！」

カインを肩に担いでいるガーディが、恐怖に震えているカインをゆすりながら声をかける。ガーディも先ほどの咆哮により体の硬直がまだ溶けていないようで、ぎこちない動きでその場を離れようとしていた。

「アーサー様、ベンジャミン様、皆様、すぐに此処から離脱ですっ！　あれは、ワイバーンです！一刻も早くここから離れなければ……」

バルビッシュがカインの様に恐慌状態にあるアリスを抱きかかえて起こしながら、ワイバーンの咆哮に耐えたアーサーとベンジャミンに撤退の指示を出した。

『ワイバーンだって？　あれの何処がワイバーンなんだ。あれはどう見たって怪物ハンターのゲームに出てきた緑色のドラゴンじゃないか！』

カインは地球時代によくプレイをしていたゲームに出てきた緑色のドラゴンと同じ姿をしたワイバーンと呼ばれている怪物を見て、心の中で叫んだ。ワイバーンは、両足で動きを止めたワイルドボアを美味そうに啄んでは咀嚼して、啄んでは咀嚼をしてを繰り返している。

その間に硬直が解けた、アーサー、ベンジャミン、クリス、スカーレットは自力で、カインとアリスはガーディとバルビッシュが抱えて撤退を始める。なるべく音を立てずに気配を出来る限り消しながら草原を進み、あと少しで森の縁というところでワイバーンがワイルドボアから顔を上げてカイン達を見た。

『やばい、気づかれた!!　ガーディ！　早くっ！』

ワイバーン側を頭に肩に担がれていたカインはワイバーンの変化にいち早く気づき、体を強張らせるとガーディはそれを察し速力を上げる。アーサー達もガーディの変化に気づき、同じように速力を上げた。森まであと一〇mを切った所でワイバーンが首を大きく後ろにそらせる動作を見せた。

「ガーディ、まずい。すぐにシールドを張って！」

カインの叫び声にガーディは何も言わず反応し立ち止まり、ワイバーンの方に向き【シールド】と唱えた。力ある言葉の発生と共にガーディの前に薄い膜の様なシールドが展開された。その直後、シールドに大樽の様な火炎弾が衝突し爆ぜた。火炎弾は辺りに火の粉をまき散らし草原の草を燃やす。

ワイバーンは火炎弾が防がれた事に腹を立てたのか、「逃がすか」と言っているかのように咆哮を上げた。今回は距離があったため体が硬直するような事はなかったが、咆哮直後にワイバーンが両足でカイン達に突進してくるという信じられない光景が迫っていた。カイン達は慌てて二手に分かれ、回避をする。ワイバーンは勢いがつきすぎたせいでカイン達の直前でバランスを崩し、盛大に地面にダイブする。

『ありえん、ありえん、ありえん。なんだあの空飛ぶ恐竜は！　こんなのどうしろっていうんだっ！　少しでも攻撃が当たったら一瞬で腕とかがもげるっ！　早くあいつが起き上がる前に逃げなくちゃ!!』

カインが逆側に回避したアーサー達に逃げる様に伝えるために反対側を見ると、アーサーを先頭にワイバーンに攻撃を仕掛けに行くところだった。クリスがワイバーンに向かって走りながらロングソードを抜剣すると下段に構え、攻撃の間合いに入った瞬間、左にステップを踏み右翼に向かって切り上げる。

狙いたがわず翼に攻撃が当たるが、翼の堅い鱗に阻まれ弾かれてしまいバランスを崩す。ワイバーンがクリスを咥えようと首を右に振り攻撃を仕掛ける。

「こっちだ、トカゲ野郎」

ワイバーンはクリスに噛みつこうとしたがアーサーの【挑発】スキルで引き寄せられ、攻撃を阻止される。攻撃を中断させられたワイバーンはいらだちを表しながらアーサーに向かって噛みつき攻撃を仕掛けるが、長方形盾《カイトシールド》で銅鑼を鳴らすような大きな音を立てて弾かれた。

【……アイスランス】ベンジャミンの力ある言葉と共に五本の氷の槍ががら空きになった腹に当たる。氷の槍《アイスランス》はワイバーンの皮膚を突き破り、五つの穴を開けるが致命傷には至っていない。すかさず横合いからスカーレットが走り込み、下がってきた首に大きくジャンプし上段から攻撃を加えようとするが、攻撃が当たる瞬間ワイバーンが首を右に大きく振り回避した。

「みんな避けてっ!!」

離れて見ていたカインは緑色のドラゴンが行う特徴的な予備動作を見て叫ぶが間に合わず、大きく振り回された尻尾の攻撃を受けアーサー達四人はカイン達の方に飛ばされてきた。離れていたクリスと長方形盾《カイトシールド》で防御したアーサーは軽傷で済んだが、ベンジャミンとスカーレットは振り回された尻尾に大きく弾き飛ばされ、立ち上がれないほどのダメージを受けてしまった。

「今、回復します【エリアハイヒール】」

カインを中心に光の円が出来、攻撃を受けたアーサー達を回復の光が包む。〝Gyowa〟とワイバーンが一声咆えると飛び上がり、大きなかぎ爪でカインを攻撃する。カインにかぎ爪が当たる瞬間、ガーディがカインの前に飛び出し【シールド】で防御した。攻撃を防御されたワイバーンは二、三回羽ばたき、森の木々の上空まで移動しホバリングをし始めた。

「ガーディっ！」「うむ」

バルビッシュがガーディを呼びガーディが答える。

「アーサー様、ここは我らが奴を引き付けますのでその隙にお逃げください」

「えっ、だ、駄目だよ。駄目だよそんなの、みんな一緒に逃げなきゃっ！」

「カイン様、このままでは全滅です。どうか皆様だけでもお逃げください」

バルビッシュがそう言い終わると、ガーディが「こっちだでか物」と【挑発】を行い、二人でカイン達から離れた。【挑発】を受けたワイバーンは大きく一吼えするとバルビッシュ達の方に滑空していく。ワイバーンが追ってきたのを確認するとガーディは逃げるのをやめ、ワイバーンの方を向き、大きく足を広げ右肩に装備した小盾を前にして【シールド】と唱え、ワイバーンの滑空突進を受け止めた。

滑空突進を受け止めた衝撃でシールドが消滅するが、突進の勢いまでは止められずガーディはワイバーンの転倒に巻き込まれた。ワイバーンが転倒の衝撃でふらついている所にバルビッシュが駆け込み、右目にショートソードを突き刺す。ショートソードが脳に達する前に、突き刺された痛みでワイバーンが頭を振ったのでバルビッシュは十数m も吹き飛ばされた。

「ガーディ……バルビッシュ……」

草原に横たわり動かない二人を見てカインが力なく名前を呼んだ。

カインは倒れている二人を見て茫然としていた。視界も狭まり二人の姿もぼんやりとしか見えず、ただ自分の心臓の音だけが大きく響いていた。

「カインッ!」突然自分を呼ぶ声と体が声のする方向に引っ張られ、我に返ると必死の形相のベンジャミンがカインの腕を引っ張りながら大声で叫んでいた。

「カイン、今は逃げるんだ! 体を動かせ、魔力を循環させろ」

ベンジャミンの指示に頭は付いていっていないが、無意識に走り出し魔力を循環させる。走っているうちに段々と視界がはっきりすると同時に周りの音も戻ってきた。

「駄目だ、間に合わない。来るぞ」

アーサーの叫ぶ声を聴き後ろを振り返るとワイバーンがカイン達に向かって滑空突進を仕掛けてきていた。

「クリス、スカーレット、アリス達を頼んだぞ！、ベンジャミン……すまんな」

アーサーはワイバーンに正対する様に長方形盾《カイトシールド》を構え腰を落とす。ベンジャミンもアーサーの後ろに立ち、呪文の詠唱を始めた。クリスはアリスを片腕で抱え、もう片方をカインの方に伸ばす。

「カイン早く、走れ」

「は、はい」

クリスに言われアーサー達から意識を無理やり前に向け、走り出す。カインの小さな体ではアリスを抱えたクリスのスピードには追いつけず、途中でスカーレットに抱きかかえられた。【アイスフォートレス】ベンジャミンの呪文を解き放つ声が聞こえたかと思った瞬間、物凄い衝撃音が聞こえると無数の拳大の氷の塊がカイン達を襲った。

スカーレットがカインを庇い当たった氷の塊は数個だったが、小さな体には衝撃が大きく前に倒れ転がった。気を失っていたのは数分か数秒か。ふらつく頭を振りながら体を起こすとカイン以外の全員が地に臥せっていた。カインは生暖かい吐息を感じ、吐息を感じた方を見るとワイバーンが意識をはっきりさせようとしてなのか、小刻みに頭をブルブルと振っては、周囲を見て、頭を振るを繰り返していた。

『早く、あいつが僕に気づく前に逃げるんだっ！　動け、動けって』

足が石になったようにピクリとも動かない。意識は一刻も早く逃げる様に最大級のアラートを鳴らしていた。動かない足を見捨てて上体だけでも後方に向けると、数m先にクリスと一緒に地に倒れてるアリスの姿を見つける。離れているためか良く見えないが額から血が流れているのが見えた。

「あ、ア、アリス姉さ・ま」

アリスが額から血を流して倒れている姿を見たカインは、ゆっくりとワイバーンの方に向き直り、恐怖でガタガタと体が震え始めるが歯を食いしばり耐え叫ぶ。

「き、ぎざま、ぜっだいに許さないっ！【ストーンキャノン】」

まだふらついているワイバーンに向けて、ボーリング大の石弾が五個同時に飛んで行った。顔に一つ、首に一つ、胸に一つ、腹に二つの石弾が命中する。

それでも少し体が後ろに動くだけで致命傷にはなっていない。石弾を発射したカインを見つけ、ワイバーンは一際大きく咆哮をした。

「何度も何度も同じ手を食らうかよ【空飛ぶトカゲ野郎】」

ワイバーンの咆哮を、両耳の周りに循環させている魔力で防いだカインは挑発を行った。挑発を受けたワイバーンは両足のかぎ爪での攻撃を仕掛ける。

「突き刺され【ストーンスパイク】」

カインが力ある言葉を唱えると、カインを中心に電信柱程の太さがある先のとがった複数の石筍がワイバーンに向けて伸びる。ワイバーンは石筍を片方のかぎ爪で削るようにひっかき回避し、もう片方のかぎ爪でカインの頭を攻撃する。呪文での迎撃が間に合わないと悟ったカインは目を瞑る。

金属と堅い物体が当たる音が響き、ワイバーンのかぎ爪がカインに当たる直前で防がれた。攻撃を防がれたワイバーンはいったん後方にジャンプし距離を取る。

カインがいつまでも来ない衝撃を不思議に思い目をゆっくり開けると、赤い髪を炎の様にたなびかせたスカーレットが立っていた。

「スカーレット姉さま……」

「良く頑張ったね、カイン君。これから派手に行くからちょっと離れていてね。クリス、アリス！弟が体張っているのにいつまで寝ているっ！」

スカーレットはワイバーンに剣先を向けながら後ろを見ずに叫ぶ。

「まったく、寝起きなのに人使いが荒いですよ団長」「よくも私の可愛いカインを泣かせたわね」

クリスとアリスがいつの間にか立ち上がり、剣を抜いて同じくワイバーンに剣先を向けていた。

「お前の炎と私の炎どちらが熱いか試してみようか……【原初の火、再生の炎、古の盟約に従い汝の力を我に。フレームウェポン】」

スカーレットが呪文のような言葉を紡ぐと体中から陽炎の様な揺らぎが立ち上がり、手にしているバスタードソードが炎に包まれた。

「これやるとまだ痛いんだけど、カインがいるからいいや…… おいトカゲ、後悔させてやる。【紫電】」

クリスはカインの小さな背中を見てからワイバーンに向けて殺気を放ちながら力ある言葉を唱えた。

「私の可愛いカインを足蹴にしようとしてからに、許さないんだからっ！」

アリスは右手にショートソードを持ち、左手にナイフを逆手に持って少し重心を落とし、構えをとった。

スカーレット、クリス、アリスは今までこちらの様子を見ていたワイバーンがこちらに踏み出す動きを取った瞬間、三人同時に踏み出した。

中央にスカーレット、左にクリス、右にアリスの陣形でワイバーンに向かって走り出す。

「まずは、あの翼を潰す。クリス、行け！」

クリスは「承知」と返事をし、速力を上げ左から目標を右翼に定め、走る。ワイバーンが迎撃のための炎弾をクリスに向かって発射する。炎弾がクリスに当たる直前、クリスが【瞬断二連《しゅんだんにれん》】と呟くと消える。クリスが消えた場所に炎弾が着弾し炎を散らす。

次にクリスの姿が見えた時はワイバーンの右翼の皮膜が大きく切り裂かれていた。〝Gyogya--〟切り裂かれた痛みで右翼の下にいるクリスを発見したワイバーンは、即座に攻撃後で背を向けているクリスに噛みつくために首を伸ばそうとする。

【炎刃斬《えんじんざん》】

ワイバーンの下がった頭に向けて、スカーレットが炎に包まれたバスタードソードで攻撃をする。

ワイバーンはクリスへの攻撃を途中で止め、のけぞる様に後ろに頭を引き戻す。スカーレットは振り下ろした攻撃を体を回転させ、ワイバーンの足に水平切り攻撃をする。スカーレットの攻撃はワイバーンの鱗を深く切り裂き、右足の骨まで達した。

スカーレットの右足への強撃でワイバーンはバランスを崩し左翼を下げる。そこにアリスが駆け込み、皮膜に突き上げ攻撃を仕掛ける。【回転突貫《バーバルランス》】アリスのアイススケートのアクセルターンの様な回転攻撃は皮膜を突き破った。

〝GOGYAAAAA ーーー〟両翼の皮膜を破られ右足までやられたワイバーンは、今日一番の咆哮を上げる。スカーレット達も魔力で防御したがワイバーンの咆哮は三人の防御を突き抜け恐慌状態にする。ワイバーンは耳を押さえうずくまる三人に向けて尻尾の回転攻撃を仕掛ける。

「アリス姉さま！」

カインは地面に手を突き、ワイバーンの尻尾攻撃を防ぐために魔法を唱える【ロックウォール】。カインが呪文を放つと、石の円柱が一瞬にして出現する。尻尾の中間ほどに出現した石柱はワイバーンの尻尾の回転攻撃を止める事に成功した。しかし長い尻尾は石柱を中心に折れ曲がりまだうずくまっているクリスに向かっていった。

「「どぉぉっせぃい！」」

そこには、掛け声と共にワイバーンの攻撃を弾き返す血だらけのバルビッシュとガーディが立っていた。

「バルビッシュ、ガーディ！」

カインは、二人が生きていた事を喜んだが、二人は立っている事が不思議なほどの状態だった。満身創痍の二人は最後の力を振り絞り攻撃をする。

【クリティカルスラッシュ】【首切り断】

バルビッシュが右逆手に持ったショートソードを下段から切り上げ、ガーディは左手に持ったバトルアックスを上段から振り下ろす。上下からの斬撃が重なりワイバーンの尻尾を切断した。

〝GAAAAA……〟尻尾を切断されたワイバーンはもんどりうって倒れ、バルビッシュ達も前のめりに倒れた。

「バルビッシュ、ガーディ――――!!!!!」

最後の力を使い果たした二人にカインは駆け寄りそして急ぎ回復魔法をかける。二人は回復魔法の光に包まれ、傷が塞がっていき呼吸が規則正しくなっていった。

「カイン、そこを離れて！」「えっ？」

アリスの叫び声が聞こえカインが顔を上げると、先程まで倒れていたワイバーンが起き上がり炎弾を吐き出そうとしていた。ワイバーンが炎を口から漏らしながらカインに向けて大口を開けた。

「カインーーーーーー！」

アリスの悲痛な叫び声が辺りに響き渡る。

「【アイストルネードランス】」

呪文を解き放つ声と共に氷の突撃槍がワイバーンの口腔内に突き刺さり、炎弾が爆発をした。口腔内での爆発で頭が上がり、ドラゴン種の弱点がある逆鱗がさらされる。そこに、アーサーが変な方向に折れ曲がった左腕を物ともせず正確に右手一本で逆鱗を刺し抜いた。アーサーの突き刺した両刃の剣はそのままワイバーンの脳に達し突き破り、頭蓋骨の内側で止まった。

アーサーが両刃の剣を引き抜くとワイバーンが〝ドウ〟と横に倒れる。カインはその様子をまるで夢を見ているかのようにぼんやりと眺めていた。先程まで死が目前にあったためか手足がしびれてうまく動かせない。ただただ立ち尽くすのだった。

「カイン、しっかりして。アーサー兄様とベン兄様の怪我を治して」

アリスが少し離れた位置で地面に倒れこんだ状態でカインに向かって叫んでいた。アリスの声で我に返ったカインはワイバーンの側で倒れているアーサーと少し離れた場所で地に伏せているベンジャミンを発見する。

倒れてピクリとも動いていない二人の姿に、自分の心臓の音で全ての音がかき消される。気づくといつの間にか二人に向かって手を向け【ハイヒール】を連続で放って行った。回復魔法が届き二人の姿が何度も明滅する、何度目かわからない程【ハイヒール】を放った後、漸くカインは二人に向かって近づいて行った。

近づくにつれどんどん心臓の音が早くなってきている。二人に数mの位置でカインは立ち止まり、それ以上近くに近寄れなくなってしまった。懸命に手足を動かそうと意識を集中するが動かず、たまらなく二人の名前を呼ぶ。

「あ、アーサー兄さ・ま、べ、ベン兄さま」

呟きの様な小さな声がカインの口から洩れる。カインは今一度腹筋に力を籠め精一杯の声で二人を呼んだ。

「アーサー兄さま、ベン兄さま!!」

カインの懸命の呼び掛けに二人は答えない。カインの心に絶望がのしかかり始める。動かない手足を必死に動かそうとして膝から崩れ落ちた。それでも二人から視線を外さず再度呼び掛けた。

「アーサー兄さまっ!!　ベン兄さまっ!!」

カインの呼び掛けに応答がなく、カインの目からは涙があふれて視界が歪んでいた。

「カイン、聞こえている。大丈夫だ」

「私も聞こえている。ダメージが大きくて体が動かない。少し待っていなさい」

アーサーとベンジャミンの声が聞こえた。カインの涙は絶望から嬉し涙に替りとめどなく流れるのであった。ひとしきり涙が流れると漸く周りが見えてくる。カイン以外誰一人動けずにいたので、一人ひとり回復魔法を掛けて回り、回復を行った。

「いやー、危なかった。あれほどワイバーンが危険な魔物だったとは……父上からは遭遇したらすぐに逃げろと言われていたが本当だった……」

「「ほんと、ほんと」」

アーサーの呟きにベンジャミンとクリスが声をそろえて同意した。今カイン達は、ワイバーンを魔法のブレスレットに収納し、カインが作った高さ五ｍの円形の土台に座り休憩をしている。広さはカイン達八人が車座に座っても十二分に広さがある。

「あれを、お祖母《ばあ》様は一人で一撃で倒せるのか……目指す先は遠いな……」

スカーレットが先ほどまでの戦闘を思い出し、天を見上げた。カインがその呟きを聞き留めびっくりした表情をしていると、アリスがこっそりと教えてくれた。

「スカーレット姉様のお祖母《ばあ》様は、先代の【剣聖】なのよ。物語にもなっているから今度王都から本を送ってあげるわ」

アリスの説明を聞いてさらに驚くカインだった。

「スカーレット姉様、髪の毛が……」

「ああ、気にするな。炎刃《えんじん》を使った代償だ。すぐに伸びる」

アリスがスカーレットの腰まであった髪の毛が燃えて短くなっているのを見て呟くと、スカーレットは問題無いと受け流した。

「カイン様、我を護衛から外していただきたく」「お願いいたします」

バルビッシュとガーディがカインが座っている正面で正座をしながら頭を下げきた。二人とも目を覚ましカインの無事を確かめた後、すでに討伐されているワイバーンを見てずっと黙ったままだった。

「えっ？　何を言っているの？　二人のおかげでみんな生き残れたんだよ？　そんな事もわからないと思った？」

カインは二人に向けて少し強めの口調で言う。「「しかし……」」と頭を下げながら二人はそれでも引き下がらない態度を見せる。

「しかしも何もないよ。僕は事実を言っているんだ。もう一度言うよ、僕たちは生き残れたんだ。生きているんだ。これ以上の何を望むの？」

カインの言葉を聞いて二人は下を向きながら肩を震わせていた。しばらくそのまま時間が過ぎ、二人は同時に顔を上げる。

「『カイン様、これからも誠心誠意仕えさせていただきます』」

晴れやかな表情で二人は宣言すると、アーサー達から拍手が沸き上がった。それから持ってきたロイド料理長特製弁当をみんなで食べて体力を回復した後、まっすぐサンローゼの街に戻った。屋敷に帰宅後、すぐにルークへワイバーンを討伐した事を報告しても直ぐには信じてもらえなかったので、屋敷裏の演習場に討伐したワイバーンやワイルドブル等をカインが魔法のブレスレットから取り出すと、ルークを始めランドルフや騎士団長も固まっていた。

ランドルフのその姿を見て、カインはちょっと珍しい物を見たなと心の中で笑っていると、メイド長を連れたリディアが演習場に来て泣き崩れた姿を見て、ワイバーン討伐の高揚感は消え失せ五兄弟全員で慰めるのに四苦八苦した。一番取り乱していたのはマギーで、自分の一言がアーサー達を死の寸前まで追いやったことに深く反省をしていた。

マギーにはアーサーが「たまたま運が悪かったが、運よく討伐できた」と良く分からない説明をオロオロしながらしているのを暖かく見守り、最後はみんなでマギーを抱きしめて「『『大丈夫、大丈夫』』」と慰めるのであった。最終的にはアーサーが「ワイバーン位簡単に倒せるようになる」と男気？　を見せて話をまとめた。

カイン達は傷は回復しているが体力的な物と精神的な物の両方でお風呂に入った後、すぐにベッドに入りそこから次の日の昼過ぎまで起きられなかった。カインが目を覚ましベッドから起き上がると、カインを心配してか部屋の中で目を覚めるのを待っていたサーシャが赤くはれた目で抱き着いて来た。何度も何度も涙を流しながら護衛に一緒に行かなかった事を謝られた。カインはただただ、「大丈夫」

と繰り返し慰める事しかできなかった。

　空腹を覚えて調理室に向かうと、食堂でアーサー達が食べているからとロイド料理長に言われ、食堂に向かった。食堂の扉を開けると用意された昼食？　をすごい勢いで食べる兄三人とアリスがいた。アリスがカインに気づき、口の中に食べ物が入っていて口が開けられないので、隣の空いている席を手でポンポンと叩き隣に座る様に言う。

　カインがアリスの隣に座ると、メイド達がアーサー達と同じ昼食を運んできた。運ばれてきたボリューム満点の昼食をもりもりと食べて人心地付くと、すでに食べ終わっていた兄弟達と寝ていた間の情報共有を行った。カイン達が休んだ後、サンローゼ家人、主に調理人《コック》と冒険者ギルドから解体人を呼び狩りの成果であるワイルドブル、ワイルドボア、ワイバーンの解体を行ったそうだ。

　ワイルドブルとワイルドボアはサンローゼ家で全て食べるが、ワイバーンの希少部位である皮や牙や尻尾の毒棘などは半分解体を手伝った冒険者ギルドにも卸したとの事。冒険者ギルドも物的証拠があれば大深森林《だいしんしんりん》に狩りに行く冒険者たちに警告もしやすいという理由もあったみたいだ。ワイバーンについてはルークと冒険者ギルドマスターの話し合い後、警戒はするが立ち入り禁止までの処置にはしないそうだ。

　ただ騎士団には大深森林《だいしんしんりん》側の監視を強化する様に指示をしたと説明が付け加えられた。後は、ワイバーンを一緒に討伐したスカーレットには、討伐金と欲しい素材を二点送られることになった。マントにしやすい翼膜はクリスとアリスで切り裂いてしまったので、背中の一番堅い鱗を手甲と脛当てに加工して渡す事にまとまった。

ワイバーンの肉は上級な牛肉の質感でとても美味しいとの事で、ロイド料理長が年越しの日の夕宴に向けて腕によりをかけて美味しく調理すると豪語していると教えてくれた。カインは後で呼び出されるかもと思って説明を聞いていた。バルビッシュとガーディには、年越しの日まで休暇を言い渡しているので今日は一緒に居ない。その代わりサーシャとララが側についているのであと一日は大人くしていようと思うのだった。

❖❖❖

サンローゼ家の食堂と隣にある会議室が開放され、中央のテーブルには所狭しと料理が並んでいる。今朝、いや昨晩からロイド料理長と料理人、一部のメイド達が協力し夕宴の料理を用意した。今年のメインは先日カイン達が討伐したワイバーンで、ワイバーンのステーキ、ローストワイバーン、ワイバーンのハンバーグなどが並んでいる。もちろんワイルドブルとワイルドボアのハンバーグも並んでいて、テーブルの一角は三種類のハンバーグで山となっていた。

「今夜の料理はすごいですね」

「そうだね、協力した甲斐があったね。まさかあんな手があったなんて……」

サーシャの興奮した声にカインは少し疲れをにじませていた。

『しかし、ロイド料理長頑張り過ぎじゃない？　これ食べきれるのかな……どう見ても一〇〇人前以上ありそうだよ？』

カインは地球にいた頃何度か食べに行ったホテルビュッフェの二倍の量が用意されているテーブルを見て不安を覚えた。何せ【お残しは厳禁】なのだから。

「「カイン様」」

カインの元にガルドとゾーンとソーニャ達が挨拶に来た。

「皆さん、今夜はようこそ。沢山料理があるのでいっぱい食べていってくださいね」

カインが挨拶を返すとガルドたちは「ありがとうございます」とにこやかな笑顔で料理の物色に向かっていった。食堂にほぼ従業員がそろうとランドルフが〝チリチリン〟と呼び出し用のベルを鳴らし注目を集める。

「カイン様、あちらに」

ララに指摘されカインは壁沿いを進み、ルーク達の元に向かった。カイン以外の家族とスカーレットが夜会用の服に着替えて勢ぞろいしていた。遅れて来たカインを見つけアリスが手招きをして隣に並ばせる。

「皆《みな》、一年間ご苦労であった。色々変化があった一年だったが、大きな問題も無くサンローゼ領を運営できたのは皆《みな》の支えがあってこそだ。

ありがとう」

ルークが一年間のねぎらいとお礼を共に頭を下げると、カイン達も一緒に頭を下げる。それを見て会場の全員が一斉に頭を下げた。

「来年も沢山の変化や出来事が起きると思うが、協力して困難も乗り越えたいと思う。よろしく頼む。

それでは、ちょっと気が早いが新しい家族を紹介しよう。アーサー」

ルークがアーサーに説明する様に促す。

「一年間サンローゼ家の為、尽力を尽くしてくれてありがとう。私の婚約者を紹介したい」

アーサーが隣にいるマギーをエスコートして一歩前に出る。

「すでに知っている者もいると思うが、彼女はラインハルト伯爵家が四女、マギー＝ラインハルトさんだ。来年、陛下のお許しを頂き次第結婚する。よろしく頼む」

マギーとの結婚をアーサーが宣言すると、参加者から「おめでとうございます！」と拍手が沸き起こった。

「ごきげんよう、皆さん。マギーです。アーサー様の伴侶として誠心誠意努めますのでお願いします」

マギーの挨拶にも先程以上の拍手で参加者は応えるのであった。

「さて、あまり長い話をしては料理が冷めてしまいロイド料理長に怒られるからな、乾杯しよう。杯は持ったか？　……一年間お疲れ様、来年もよろしく。

乾杯！」

「「乾杯っ!!!」」

ルークの乾杯と共に参加者が声を合わせて乾杯と言って杯を空ける。そして料理に向かって移動していった。カインは壁際に用意されたテーブルに移動し席に着いた。今夜の夕宴は無礼講の為、参加者は基本、立食で座りたければ壁際に用意された椅子に座って食べる。今夜だけはルーク達にも挨拶は無用としているのでルーク達も一緒に料理を楽しめるのだった。

「カイン？　何を最初に食べる？」

アリスが席に着いて配膳されている木皿を持ってカインに聞いて来た。

「うーん、やっぱりワイバーンのステーキかな？　アリス姉さまは？」

「えっと私はカインが作ってくれたスイーツかな？」

カインの問いにニコニコ顔で答える。今夜の夕宴の為にカインは新スイーツを用意していた。地球時代の記憶を総動員して作り上げた傑作だ。

「それでは、取りに行きましょうか？　スカーレット姉さまはどうしますか？」

今夜の様な形式のパーティは経験が無いのか、少し戸惑っていたスカーレットにカインは声をかける。スカーレットは笑みを浮かべながら「ありがとう」と言って席を立った。

カイン達はアリスが希望したスイーツが並んでいるテーブルに先に進む。大体の参加者がメインの料理を取りに行っているのでスイーツが並んでいるテーブルは今の所空いていた。

「ねぇ、カインの新作スイーツはどれ？」

アリスがスイーツの並んでいるテーブルの前でカインに質問をする。カインは「こちらですね」と言って皿に盛られて並べられているスイーツの一つを示す。

「これは、プリンアラモードです。ミルクで作った氷菓子と卵で作った菓子、そして果物を生クリームでまとめました」

カインは皿に盛られている白いアイスとカラメルが頂点から垂れ下がっているプリン、その周りにアッポルとドライオランジが盛られ、生クリームがてんこ盛りになっていた。

今回アイスが解けないようにベンジャミンに作ってもらった氷を側に置いてそこからドライアイスの様に白い空気が流れており、余計特別感が出ていた。ちなみに、魔法で作られた氷は一日くらいであれば解けないらしく、カインは納得いかなかったがファンタジーと言って無理やり納得した。

アリスとスカーレットはプリンアラモードを一皿持ち、カインは二人分のワイバーンのステーキを運ぶ。二人が早速プリンアラモードを食べ始めたのを視界の端で見ながら自分用の料理を取りに向かった。後ろから「「美味しい！　甘い！」」と黄色い声が上がった。

カインがワイバーンのステーキとワイバーンのハンバーグを両手に持って席に戻ると、入れ違い再度プリンアラモードを取りに行く二人とすれ違った。ワイバーンの肉はとても柔らかくそして脂が甘く美味しかった。またワイバーンを討伐してと一瞬考えがよぎるが、一緒に恐怖が甦り頭を振った。

「カイン様、お食事中すみません」

ガーディが遠慮がちに声をかけてきたのでカインが振り向くとガーディとお腹が目立ってきたノエルが立っていた。

「カイン様。この度は夫、ガーディをお守りいただき本当にありがとうございました。お腹の子供も父親を失わずに済みました」

「ガーディ？　ノエルにちゃんと説明したの？　守られたのは僕の方だって、ガーディはワイバーンの突撃を単身で防ぐほどの強い男だって」

カインが少し口をとがらせながら言う。

「は、はぁ。説明はしたのですが怪我を治してくれたのはカイン様だと。だからお礼をちゃんとしたいと言うもので」

「えっ、そうなんだ。ごめん、早とちりしちゃった。許してね。ノエル、ガーディが負った怪我は僕を守ったせいだから怪我を治すのは当たり前でしょう？　ノエルだって自分のせいでガーディが怪我をしたら看病するでしょう？　それと同じ。それにノエルも含め、ガーディ達は僕の家族なんだから出来る範囲の事はするからね。元気な赤ちゃんを楽しみにしているね」

カインの機嫌が少し悪くなったのを見てノエルが引きつっていたが、カインが謝罪をすると小さく息を吐き笑顔に変わった。そしてカインの最後の言葉を聞いて「ありがとうございます」とお礼を言った。

その後もテーブル上の料理が無くなるまで夕宴は続き、ふるまわれた酒も底をつき、終了となった。カインの新作スイーツもとても好評で、リディアを始め何人ものメイド達にお礼を言われた。アーサーはワイバーン討伐の話を披露し、ワイバーンの恐怖を振りまいていたが、止めを刺したのがアーサーと知ると恐怖が羨望に代わっていた。

リディアはルークにプリンを一匙掬って食べさせていて、お酒のせいかリディアもルークも頬を赤らめていて、子供達ですらその甘々な二人に突っ込めず少しずつ離れていった。そんな二人を見てカインは来年はこそは弟か妹が誕生すると確信を持つのだった。

「どうしたのだカイン君？　スイーツを食べ過ぎたか？」

「スカーレット姉さま……いえ仲の良い両親はいいなと思っていただけです」

「そうだな、君たちのご両親は仲が良さそうだ。我が家の父上と母上達と比べると、とりわけそう思う。おっと、これは内緒にしておいてくれ」

スカーレットが人差し指を口に充て内緒のポーズをする。カインはその仕草にキュンとなり、下を向く。

『俺は一体どうしたんだ？　彼女はまだ子供だぞ……ま、まぁ今の肉体年齢から言ったら年上だが……今夜着ている両肩を出したドレスがいけないんだ』

「おっと、カイン君も男の子だな。私に胸がときめいてしまったりしてな」

「スカーレット姉様、あまりカインを揶揄わないでください。家族以外の女性に免疫が無いのですから……」

「そうか、カイン君を射止めるためにはまずはアリスのお眼鏡にかなわないといけないのか。これは大変だ、ハハハ」

スカーレットはそう言うと片目を瞑って見せる。それに気づいたアリスは揶揄われていたことに気づき頬を膨らませながら横を向いてしまった。

「そうですよ、スカーレット姉さま。先ほどの様な仕草を想いを寄せている方以外にされたら、それでなくても美しいのに、可愛さまでが加わり心を一瞬で囚われてしまいます。本当に罪なほどにお美しいですね」

カインは少しだけ本心を込め意趣返しを含め、今の気持ちを瞳に少年特有のキラキラを加えて伝えてみた。

「うっ、そ、そうだな。年長者が年下の者を揶揄うのはほめられた物ではないな。すまない……」

スカーレットはなぜか耳まで赤く染め横を向きつつ謝罪をした。カインは『あれ？　ちょっと言い過ぎて辱めてしまった』かと逆にオロオロするのだった。

楽しい時間は短く感じるものでいつの間にかテーブルに用意された料理もほとんどなくなり、各々集まり歓談をしているのが目立ってくるとランドルフが終了のベルを静かに鳴らした。参加者は名残惜しそうな表情しながらルーク達のテーブルに集まる。ランドルフが参加者が集まったのを確認しルークに一度礼をしてから話し始めた。

「ルーク様、リディア様。今年も私共の為に素晴らしいお料理と楽しい時間をお与えいただき誠にありがとうございました。皆《みな》を代表して御礼を申し上げます。私を始めここにいる全員、いえ領民一同ますますのご発展をお祈りしております。本日はありがとうございました」

「「ありがとうございました」」

ランドルフが感謝の言葉を述べ終わると、一斉に参加者全員から心からの感謝を伝えられ、ルークもリディアもとても嬉しそうに笑顔でうなずいていた。カインはとても心が温かくなりいつの間にか拍手をしていた。カインの拍手はアリスやアーサー達にも伝播し全員が笑顔で拍手をしていた。

❖❖❖

「ふう、さっきはすごかったなぁ。久々にあんなに大きな拍手を聞いた気がする……」

年越しの夕宴が終わり、カインはベッドから開け放たれた窓から見える夜空を見上げながら先ほどの事を思い出し呟く。

「本当よ、びっくりしたわ。でもとても心が温かくなって悪い気分ではなかったわね」

カインを後ろから抱きしめながらアリスも呟く。

「しかし、まだ夜中に星を眺めているとは思わなかったわ。ほっとくといつまでも見上げているのだから……」

「ま、毎日は眺めてませんよ。たまにアリス姉さまを思い出した時に『アリス姉さまも見ていると良いなぁ』って思って眺めていただけですから」

「か、カイン、あなたは明日には八歳になるのだから、そういう事は口に出さずに心で思っていなさい」

アリスはそう耳元でささやくように呟くと、カインを抱きしめる腕に力を少し込めるのだった。カインも久々のアリスの抱擁に体を預け、今年も一年無事に生き残れたことを女神ガーディア様に心の中で感謝を伝えた。

「アリス姉さま？　そろそろお部屋に戻られないのですか？　それとも僕と一緒に寝ていただけますか？」

「しょ、しょうがないわね。今夜だけは一緒に居てあげるわ」

カインは「ありがとうございます」と伝え、開け放っていた窓を閉めベッドにもぐりこむ。そして、アリスとカインは同時に「「おやすみなさい（ませ）」」と呟き眠りについた。

《了》

あとがき

大変お久しぶりでございます、布袋三郎です。

2023年明けましておめでとうございます。皆さまいかがお過ごしでしょうか。

未だにコロナが中々収束せずスッキリしない日々が続いておりますがいかがお過ごしでしょうか。

再び皆様にご挨拶が出来て本当に嬉しく思います。

また、初めての方布袋三郎です。この度は、「異世界領地改革5　～土魔法で公共事業を行う～」をお手に取っていただき、大変ありがとうございます。

4巻のあとがきでも申しましたが、4巻で最後だと覚悟しておりましたので5巻のご連絡を頂けたときは自身の目を疑ったものです。（メールでご連絡を頂いたので目になります）
5巻では世界の危機に向かって自重をしつつ自重を忘れ領民の為に頑張っています。アリスや兄弟が帰って来て賑やかな年越しを楽しんでいますがやはり試練が襲いますがくじけつつも協力して乗り越えます。カインの頑張りに応援をしていただければ幸いです。
コミカライズ版の「異世界領地改革」書籍3巻が発売されました。さくら夏希先生の描かれるカインは本当に感情が豊かで毎月いち読者として心から楽しんでいます。ぜひ書店で見つけられましたら是非お手にとって頂ければと思います。

最後に、小説になろうで最初にカインの物語を見つけていただいた編集のE様が一二三書房をご退職されました、このようなご時世だったので直接お別れのご挨拶が出来なくとても心残りでした。紙面でのご挨拶で申し訳ございませんが、本当にありがとうございました。そして、新たにW様が担当になられ5巻が最初の発刊になります。イシバシ先生と2人で素晴らしいカバー表紙や挿絵を描いて頂きました。黄金に輝く小麦畑がとても気持ちが上がりました。ありがとうございます。いつも紙面での御礼で申し訳ございませんが、イシバシヨウスケ先生に最大の感謝を申し上げます。

最後の最後に、このあとがきまで読んでいただいているあなたのご健康とご活躍をお祈りしつつ、最上級の謝辞を申し上げます。ありがとうございます!!!!

布袋三郎

「異世界領地改革　～土魔法で始める公共事業～」コミカライズはこちらから！

唯一無二の
最強テイマー
〜国の全てのギルドで門前払いされたから、
他国に行ってスローライフします〜
著
赤金武蔵
1〜3巻好評発売中！
幻の魔物たちと一緒に
大冒険!!
【無能】扱いされた少年が成り上がるファンタジー冒険譚！
©Musashi Akagane

我輩は猫魔導師である
～キジトラ・ルークの快適チート猫生活～
1～3巻好評発売中！
猫神信仰研究会
nekogami sinkou kenkyuukai
ハム
転生したらチートな猫でした！
目指せ！三食昼寝付きのペットライフ！
©nekogami sinkou kenkyuukai

シリーズ累計
180万部突破!!
(電子書籍含む)
TVアニメ化
決定!!!!!!!!!!!!!
絶好調
スピンオフ
第3弾!
転生貴族の異世界冒険録
カインのやりすぎギルド日記③
原作 夜州
漫画 佐々木あかね
キャラクター原案 藻
(c)AKANE SASAKI (c)Yashu (c)HIFUMI SHOBO
自重知らずな少年が巻き起こす、
大人気異世界ファンタジー!
転生貴族の異世界冒険録
アンソロジーコミック
原作 夜州
カバーイラスト bun150
シリーズ初のアンソロジー!
(c)Yashu / HIFUMI SHOBO

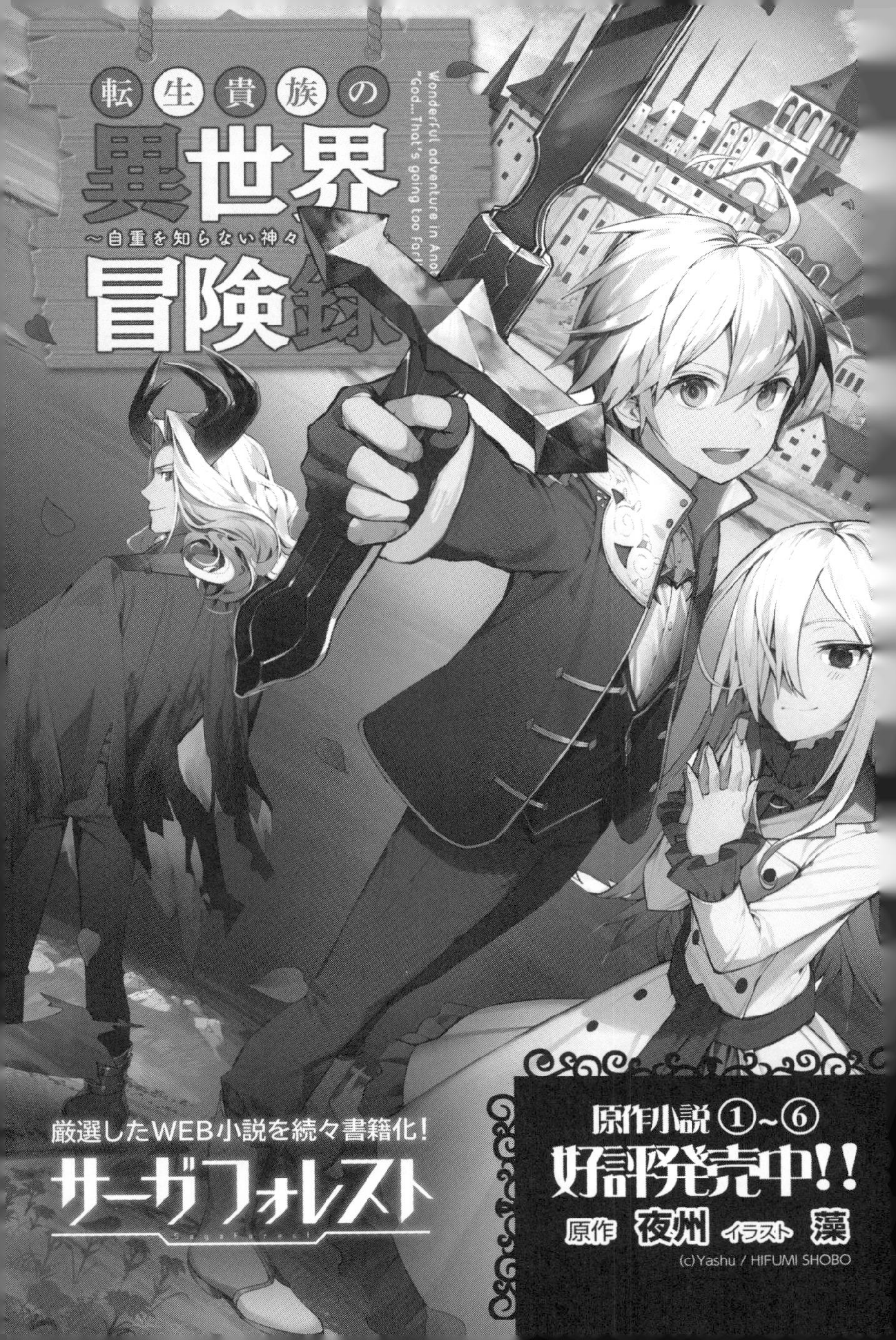
転生貴族の
異世界
～自重を知らない神々
冒険録
Wonderful adventure in Ano
"God...That's going too far!
厳選したWEB小説を続々書籍化！
サーガフォレスト
SagaForest
原作小説①～⑥
好評発売中!!
原作 夜州 イラスト 藻
(c)Yashu / HIFUMI SHOBO

唯一無二の最強テイマー
～国の全てのギルドで門前払いされたから、
他国に行ってスローライフします～
原作：赤金武蔵　漫画：田村紘一
キャラクター原案：LLLthika
異世界還りのおっさんは
終末世界で無双する
原作：羽々音色　漫画：ダンタガワ
処刑された聖女は
死霊となって舞い戻る
原作：緒二葉　漫画：蚊
キャラクター原案：みなせなぎ

雷帝と呼ばれた最強冒険者、
魔術学院に入学して
一切の遠慮なく無双する
原作：五月蒼　漫画：こばしがわ
キャラクター原案：マニャ子
モブ高生の俺でも
冒険者になれば
リア充になれますか？
原作：百均　漫画：さぎやまれん
キャラクター原案：hai
魔物を狩るなと言われた
最強ハンター、
料理ギルドに転職する
原作：延野正行　漫画：奥村浅葱
キャラクター原案：だぶ竜
COMIC
NOVA
ノヴァ
話題の作品
続々連載開始!!

転生貴族の異世界冒険録
～カインのやりすぎギルド日記～
原作：夜州
漫画：佐々木あかね
キャラクター原案：藻
レベル１の最強賢者
原作：木塚麻弥
漫画：かん奈
キャラクター原案：水季
我輩は猫魔導師である
原作：猫神研究信仰会
漫画：三國大和
キャラクター原案：ハム

神獣郷オンライン！
原作：時雨オオカミ
漫画：春千秋
ウィル様は今日も
魔法で遊んでいます。ねくすと！
原作：綾河ららら
漫画：秋嶋うおと
キャラクター原案：ネコメガネ
バートレット英雄譚
原作：上谷岩清
漫画：三國大和
キャラクター原案：桧野ひなこ
コミックポルカ
COMICPOLCA
話題のコミカライズ作品を続々掲載中！
毎週金曜更新
公式サイト
https://www.123hon.com/polca/
Twitter
https://twitter.com/comic_polca
コミックポルカ
検索

異世界領地改革 5
〜土魔法で始める公共事業〜

発 行
2023 年 1 月 14 日 初版第一刷発行

著 者
布袋三郎

発行人
山崎 篤

発行・発売
株式会社一二三書房
〒101-0003 東京都千代田区一ツ橋 2-4-3 光文恒産ビル
03-3265-1881

デザイン
AFTERGLOW

印 刷
中央精版印刷株式会社

作品の感想、ファンレターをお待ちしております。
〒101-0003 東京都千代田区一ツ橋 2-4-3 光文恒産ビル
株式会社一二三書房
布袋三郎 先生／イシバシヨウスケ 先生

Printed in Japan, ISBN 978-4-89199-909-4 C0093
※本書は小説投稿サイト「小説家になろう」（https://syosetu.com/）に
掲載された作品を加筆修正し書籍化したものです。